請登入遊戲

蔣亞妮——著

目次

輯三 城市宴遊

推薦序

偽海派與新台客——蔣亞妮的慢散文

周芬伶

亞妮與富閔同年，小一屆，寫作也八、九年了，我們卻是這兩三年才親近一些，並非不關心她，而是酷酷的她對人總保持著距離，我懷疑對中年女子或老師更是，那讓她想到媽媽。我是要到關鍵時分才會主動接近，當對寫作還抱著懷疑；或還在摸索未成形之時，這時寫作者一定是怕我，或者怕被批評，這時給的批評通常無效，只有傷感情。自己的竅要自己開，等到成形之時，才是我出手之時。所謂出手就是推一下加拉一把，提到可以送上前線。

亞妮開始參賽之後，看到她形成自己的書寫實在興奮，告訴她時，反應冷冷的。那年她到北京交換，雖說開會之便，卻是特地去看她，邀她到旅館作真心對談，好像也沒談什麼，一大早她冷冷地說要走了，她是不是沒心的女孩？後來才知道她對情感的反應就是這麼酷。

跟爸媽不親，對死黨過熱，我常說她臉書都是吃喝玩樂姐妹攤，太不文青了，她用愛玩的這面掩飾她對寫作的熱愛，她是一個非常不想透明的人，卻選擇了寫散文。最早是寫小說，我覺得也是她抵抗透明的方式，因此寫作之路迂迴一些，離開東海之後她改寫散文，掀開絢麗又刺痛的自己，雖然只掀一半，已夠驚豔。我也是從文章慢慢拼出她的生命圖象，父系母系都來自對岸（生母、生父、養父、養母或生父繼母？），她自己是很台的第三代，會站在路邊吃紅豆餅，交的男友也很台（我猜），她很少談自己，聚會時話最少，有關她的身世，是從她的文章拼湊出大概，她用一種疏離的方式談自己，很不透明，一次只透露一些，必須耐心讀完全部才拼出大約的圖形。

大約從〈十一個耳洞〉開始注意到她的文章，像撕裂傷口搬撕開自己，那裡有個叛逆愛美的少女，寫初次的性與愛那樣簡潔有力；從〈潔的〉中彷彿有個愛她的祖母與不負責任的父親浮現，他把小女兒放在高高的牆上，忘記抱她下來，而她竟可以坐著不動好久；〈To Dear Lilly〉寫的該是生母吧！她生下即被抱走？她的身世令她失去訴說的欲望，直到青康藏高原上，她把這些編派成不同房間，在〈我們的房間〉中寫著：

妳把所有陽光穿不透的事物隱藏在一層層密碼和喜愛的文字後面，打開又關上一個個房間，躲在其中，書寫離開後的旅行，長達好幾季的旅行，也書寫家庭和另一個家庭，卻不曾真正面對跟解釋到那數個重疊並互相矛盾的家庭、幾個不處在平行時空但同時存在的父父母母爸爸媽媽，即使藏得隱晦，但至少妳肯寫下他們。

一定有人發現了，妳不敢書寫成長後的人與事，像是愛情跟欺騙，於是他們堆積的越來越多，開始長成善良卻自私無比的一種心魔，以愛情和那些妳所欺騙的愛人為名，在這次長途旅行的最末，終於匯集成比土石流還劇烈的崩塌，劇烈敲打每一個房間。

她的身世像個謎，她的文章在透與不透之間，通常好幾條繩子扭成一股，人、事、物品交織，並設下關卡，你得過這關才能過那關，照說寫得這麼曲折隱晦應該很難讀，可她那充滿遊戲精神的文字縟麗、跳動、生猛，有時撕開一小口子，那裡流淌著似水柔情。

〈請登入遊戲〉可說是最具代表性的一篇，分別從童年紗廠與父親（？）的遊戲、母親窺管她的身體的攻防遊戲，在網路世界與陌生男子的感情遊戲及至在其中尋找父親的偽遊戲，我們才知她的心有多曲折，她的文字就有多轉折。這時期的文章繃得較緊，也較不易讀。

就好比她的淡妝與女性化洋裝，是她自我防護的假面，掩蓋她獨立、豪邁、純真的一面，在美女眾多的東海中文系，你還是一眼可看到她，很少人美得那麼恰恰好，打扮也恰恰好，不太多也不太少，這需要如何精心布置，如同她的文章。然卸下這些粉飾，亞妮簡直是透明人。有一次急事召集討論，她剛起床，沒有化妝，穿一件淺色洋裝，她那張臉與眼睛，如嬰兒般稚氣與透明，這才是她的本色。

她會為讀《水經注》而淚下，演完詩劇場開檢討會時，說到「沒想到可以跟文學這麼近……。」聲音因而哽咽；是在排戲過程，才漸漸摸到她的真心與赤誠。她把自己藏得多深。

我更喜歡她近期的文章，寫北京與大陸、香港的專欄文章，有著雍容與從容，沒有被北京王朝迷惑或嚇倒；〈你為什麼要怕一個夢呢？〉放鬆一些寫失眠與吃藥，她終於肯講她自己，在她最愛的文字中。近期的文章〈赴宴〉寫香港島與台灣島，如此靠近卻存有差異，如同女人之間若有似無的情誼，一起共赴的宴會都像是午夜的虛幻之花，情感點總在最後爆發：

宴會好像曾經開始，開始了數次，卻不知道在何時結束，我妝都花了在地上開始哭著，家島上有人聲喧譁。他們說，我知道你很討厭這裡，我知道你竭力在每個晚上夜跑，用流汗代替你哭不出的年月，他們是萬千世界、普羅化身，他們是家人是朋友是不歡而散的戀人、是家鄉。有時溫柔的向我湧來，卻把我推到更深的潮間帶去，我在地上聽家島說唱，在所有的宴會都沒有聲響後，竟然有這麼一個女孩，她說，我會為你祈禱。

以文字與形式來說，偏華麗與繁複的細節描寫，有點海派風；內容則直探女性的孤獨與蒼涼，破碎的家庭與涼薄的親情，成長中與同性的微妙情愫，叛逃浪遊與愛美愛吃，我不願對號入座，但她與海派的精神確有絲縷的傳承，然這些海派細節只是一件件華麗的外衣，並無誠意真心接收，如同她那些漂亮的洋裝，裡面裝的是違和的自己，一種跟大陸血緣藕斷絲連，最後終將移情別戀，她追求的是往前超越，而不願回顧。然新世紀的台灣女性散文缺少新鮮空氣，在鋒頭都被基化散文搶走光芒之時，亞妮的出現讓女性散文得以與抒情傳統接榫，曾幾何時，女性是散文的主場，如今變小劇場，她們是一個個愛實驗的女巫，把散文翻過來又翻過去，但卻是不太忠誠的愛人；如果說基化散文走的是「快散文」與鄉土寫實，繼承的是寫實傳統，代表主流小有位移，而大方向未改；女性則選擇疏離與荒謬的「慢散文」，快散文是指成名快、寫作速度快、節奏快；慢散文則是出書慢、寫作速度慢、節奏慢，以退為進，兩者各執一端各擅勝場，我注意的還有田威寧、言叔夏、楊莉敏、黃詣庭……等六、七年級散文作者，她們共同的特色是退為散文的後衛，緩慢且固執地發展自己的特色，她們對文學不急，太不急了，也許意識到女性文學聲勢漸弱，或者新世紀新風格實在太難建立，當基化作者，走得又急又快之時，女性的聲音變得猶疑退縮，性別對他們都不是問題，問題在於異女的處境似乎回到六、七〇年代，叩問的是文學與存在孰重？

為了要作自己，她們得花很多時間建構自己的存在，或許活得自在比寫作更重要，然後久久寫一篇散文。她們走得很慢，專注地生活，丟出的文章都有自己的樣子，她們不再相信溫柔敦厚或溫良恭儉讓，她們也不是不能讓，而是不想回頭當舊女性，或者以新女性自居，在多元文化的浪潮下，女性已無典範可追尋，她們寧可傾聽自己的聲音與節奏。

亞妮的出現好像有點突然，但她已寫了近十年，她已準備好上場赴文學之宴，異女的聲音太壓抑了，是時候應該讓她們發聲。

輯一

時間即遊戲

To Dear Lily

妳打開學校游泳池大門那一秒，忽然開始想起一九八七年，跟哪首歌還是哪部電影都沒有關係的一九八七。那年妳不管解嚴或是離婚，在夜色很深亦很早的清晨五點誕下女孩，女孩有妳的眼和嘴，其餘部分妳不想管，那些屬於別人的部分。長庚的病床很冰，或是每間醫院都是一樣的冰冷，妳不再能探知到，因為那是妳僅有的一次住院。

妳在池邊暖身，等待清晨游泳隊的學員們來學校練習，在下壓左大腿時腳的食趾開始抽起筋來，那麼多年以來，妳知道妳的左腳食趾一定非常軟弱，是軟弱沒錯，至少是妳全身最軟弱的一部分，在夜裡或行走時會無端狠狠抽筋。妳把食趾用力往抽筋的反方向下壓，一陣陣痠痛抽過神經，妳忽然看到並且想起那年國慶時在街道兩旁看到的各色旗幟。

那麼多藍色綠色的旗在電視與街道裡飄著漂著，而女孩在妳肚腹內溫暖如銀河的水流中也輕輕跳動，那一聲聲微小的跳動支撐著妳，跟著一九八七年飄著或漂著。

其餘部分，妳真的不管了。

妳開始教他們游泳後，發現游泳也是一種漂浮，接著過了好多好多年，不管冬夏日夜，妳深吸一口氣潛下兩米泳池的底部，旋轉迴身，圈抱住自己的雙腿，感覺到妳的身軀所有縫隙都被溫暖的水流覆蓋後，才破水而出。

這時已經不會有人問妳，那個小小的女孩在哪裡，妳的女孩在很遠的城市裡，已與妳無關。

所有的事情和流行早已經翻了好幾轉，唯一不變的是妳與泳池。

體院畢業那年，妳違背了成百學弟妹的仰慕，像平日翻牆蹺課一樣，輕鬆翻進了另一個男人的家，變成了同一個家。卻很難再翻牆回到妳原本的世界，天母東路附近，長巷無人，只有妳與那個家。

家中偶爾有那男人，但大多時候只有妳與他的母親，這是沒有婚禮的婚姻，搬進天母東路的夏天，妳已經有了女孩三個月。妳在一開始就猜到懷的是一個女孩，有與妳一樣白皙的臉膚和碎星般淡咖啡色的斑痕。也是一開始就知道他母親的敵視，跟學歷家世都無關，是妳從沒有選擇權的血液。

長巷幾無人語，所以妳能聽見他母親在通電話時，小小聲的說家裡住進來一個「外省低」，低就是豬妳不可能不懂。但妳不懂的是那時是為了男人還是為了那未成形的女孩，留在那棟被老樹樹蔭整個蓋住的平房。妳叫他的母親太太，太太偶爾在妳洗澡時把熱水切掉，並躲在窗後看妳日漸隆起的肚皮，妳感覺自己確實是秤斤兩賣的豬肉，真實不過的豬。

女孩差不多已九個月大時，太太說要去市場買雞幫妳補身體，太瘦了，太太這麼說著，要妳坐上機車後座載妳一起挑選，但妳尚未坐穩，太太就將機車向前騎走，妳捧著近十月的大肚往地上一坐，這麼一跌後妳醒了。

那夜妳只抓了幾件衣物，打給也在台北的大姐住進她家，妳的母親生了四胎，四個姐妹，父親從未說過想要兒子，因他的所有女兒都比其他男孩爭氣，像妳一樣。妳不再需要丈夫，但妳卻不希望女孩沒有爸爸。妳當晚就被送進大姐剛好正值班的醫院裡，大姐抱著妳說著妳的名字，Lily、Lily，然後妳開始昏迷。

昏迷的感覺像是水暈，妳說水暈是在泳池裡一鼓作氣游了六公里不停下後的感覺，既然有暈船暈車或菸暈酒暈，一定也有水暈，而那就是妳生下女孩醒後的回憶。在麻醉醒來前，妳像是悶頭游了一整個早上的晨泳，所有的肌肉都無力，左腳食趾自己開始彎曲抽筋時，妳醒了過來。

學生們推開泳池的大門進入，他們青春生硬的軀體需要放得更軟更暖，妳調整好泳帽的邊緣，確保所有髮絲都被包覆得極好，才開始一個個帶他們暖身下水。

每一具年輕的身體都緊繃著在水下，妳跟他們說記得放鬆記得柔軟，像是回到母親子宮那般的，妳揚手時身體向上微微躍起，手收勢時腰身以下會極速向前，但妳的手與腰都是在浪上的。大姐的手也一直是抱著妳的，生產完時，妳還沒見到女孩，便先見到了趕來的太太，太太只輕輕推開病房門，站在幾步外遠的廊前，好像房間感染了某種生不出兒子的病毒似的，說了句妳不用回家了。

大姐的手流很多汗，是冷的，也好像是熱的。不像妳第一次摸到女孩的臉頰時，她那麼溫暖那麼安詳，妳也不想帶她回到那條安靜到連呼吸都不敢太大力的巷弄裡。妳想起來，女孩剛出生那幾週，最喜歡握緊她的拳頭，是緊緊的握起那種，妳和大姐玩鬧似的一次又一次撥開，她又一次一次的悄悄握拳。女孩有一雙很多細紋的手，她的手永遠乾淨沒有寶寶的汗和乳香，只充滿一條條的紋路，並且極深，妳無聊時便開始比對她兩邊的掌紋，果然是左右對稱的。妳在她睡著時看她又握緊雙手，便伸手將它舒展開，握拳是沒辦法游泳的。

但女孩長大，在妳不能看到的地方，一次次緊緊握拳，無人替她鬆開。

妳聽說她不會游泳，其實從來都不曾指望過女孩成為一個明星或是替妳游進妳游不進的國家代表隊，但是女孩卻連游泳都不會，她在換氣時身體會沉入泳池，沉得太深嗆進很多的水，從此不再游泳。

這是她母親說的。

她的母親不是妳，妳只是個載體，是裝著她直到她出生被送進其他家庭，完整的家庭裡的女人。數不出來是哪一年了，不知道為什麼每一個十年都以比從前更快的速度向前，就像妳也不相信每一年都有人可以游出比前一年更快的捷式、仰式、蝶式一樣，時間的間距一定有誤差，是再好的陀飛輪或是再精準的電腦都無法查出的，比一次呼吸短瞬許多的誤差。因為妳與女孩還有世人都活在這誤差裡，所以每個人的十年只會越來越快，不再漫長。

妳要說的只是真的數不出來是哪一年了，大姐說有對夫妻來過醫院很多次，很喜歡女孩，他們輕輕捧著她的背影經常在妳腦海裡閃過，尤其是水底光影模糊時，妳總能再回到那場景，看他們抱著女孩坐上福特銀灰色轎車。之後的很多年沒再看見他們，她被冠上別人的姓氏，總之不是那個男人的姓也不是妳的，那樣也好，真的很好。

女孩在三年前考到了陽明山上的私立大學，新聞系，看照片時就像看到二十幾年前的自己，只是因為不用長年運動顯得更白皙，眼窩深，像那個無緣的父親。妳為她在同一個城市而經常感到心悸，每一次看到經過車窗邊的紅五或二六〇總是忍不住探看，但妳半點都不想再靠近那山與山邊的街區了，長巷無人，山靜無語。跟她母親要到了她在山上的住址，建業路三十號，窗對面便是國際學校，住在山上的同事說那邊真靜，連小吃店都沒有，夜裡經常只有濃霧與幾盞昏黃不清的路燈。妳在那天的課後練習時，泳池水波的光影間看到年輕的妳，穿越低矮半人高的林木間，手上可能提著剛買好的吃食，或是幾本漫畫書，吸幾口微帶硫磺味的霧氣，掏了很久的口袋找一串鑰匙，開了邊緣鏽蝕的大門，上樓。開始講話，但水下傳不了聲音，妳才忽然發現那不是妳，而是她，忽然心悸。

心悸得很嚴重時，妳聽不見學生說話，妳只是想像夜班紅五順著仰德大道而下，沿路經過頂好超市、林語堂故居、一間寵物餐廳、格致中學、國安局、派出所，直到山下。這些是妳在大學時夜遊最常經過的地點，妳蹺掉每一次的練習，上後山看整個台北的燈火，那個方向當時還沒有一〇一，但是整個淡水河口像有滿天星影閃爍，妳靠著那些男孩，有一個男孩的懷抱比誰都溫暖，妳以為有一天會嫁給他。但妳轉身卻嫁進了山下那戶人家，嫁給了那一個讓妳懷孕卻失去當母親權利的男人。大姐一開始就跟妳說過，Lily妳要好好想想，Lily，大姐愛妳。

是父親說要女孩幸福的，但妳常常在想幸福真的是一個完整的家嗎？如果是妳，妳一定可以給予她超過父母加起來所有的愛，更多的愛。但是她在父親的堅持下，不哭不鬧的住進了另一個家庭，那個家裡只是沒有了妳，但有了她的父與母，他們都說值得。值得妳失去血肉相連的生命，值得妳活過的那二十幾年來換。

不值得的是妳花了生命裡所有，其他的時間，在水裡在學校裡，就是沒有在別人的生命裡真正留下什麼，生命也沒有為妳留下什麼，只餘在腹部下沿一條突起的白色手術刀疤痕，證明妳的一九八七不是一場遊戲一場夢，也讓妳總是只穿著連身泳衣，不露出肚腹疤痕與過去。但也許是因為妳再也不管了，妳的回憶與時間總停在一九八七與二〇一二，中間那些年像是隔著陽明山的霧氣般漂浮不散，看得不甚清晰。在每次週末練習後，妳載著學生過街吃同一家牛肉麵店，已經是妳長年的習慣，也許是習慣讓歲月的區別不再那麼清晰可辨，讓妳永遠停留在這一年。

我卻看得清晰，在妳已經停駐不前的年歲裡，女孩的身影像游泳一樣，沉得再深再久都還是會浮起，換氣來得快又短促，就像記起跟忘記的瞬間，也像妳終於沉下不再浮出水面的二〇一二。生命如果不是夢會是什麼？

所以我一直想寫一封信給妳，因為只給妳看，我不需要說明我是誰妳便能明白。新聞跟電影裡的二〇一二有海嘯、洪水，有地震跟活死人橫行，妳的二〇一二像消毒水刷得潔白的泳池一樣，只有妳與學生，還有空檔時想起的那女孩。唯一相同的只剩下，消失，死亡。

消失與死亡交替出現。

這一年的每一個週末開始有很多同學親友結婚宴客，穿紅白粉輪替的三套禮服，長長的手套上戴著幾圈交纏的正金色鍊子，舉杯敬酒中途進去補濃濃的妝。二〇一二的每一個週末都如此繁忙，卻還總是騰得出縫隙看生命消失，看見妳的死亡。

如果可以說我很愛妳，我一定會毫不猶豫的說出。但是妳沒有留下太多可追溯的情感給我，只留下了故事留下紀念。故事與回憶不同，妳在池底吐氣，氣泡中流瀉出的是妳的回憶，我在照片旁邊，坐三個小時的車到妳大姐身邊聽的只是故事。妳大姐訂了一箱又一箱的Lily，百合花心多粉，我輕輕彈著聽妳的故事。

妳在每一夜都像前一夜的練習結束後，載那些年輕肢體生嫩的學生們過街，只是過街吃一碗牛肉麵，就像沉在水底卻再也沒有上來換氣一樣的消失了。妳的學生們想必偷偷檢查了好幾遍池底，也許池底藏著像日本電影《羅馬浴場》一樣的神奇水道，只是載著妳到了另個時空，離二〇一二年台北很遠的地方。但現實中，妳的身體躺在幾步遠的停靈室，吹著低溫冷凍空調，他們把妳在照片裡長長齊眉的瀏海全都往後梳起，為了遮住妳被車撞擊彈到地面碎裂的頭頂，雖然只有一個像十元硬幣的小洞，但是那個小洞使妳再也留不住回憶，也留不住自己的二〇一二。

我彈著同一朵百合，直到它再也彈不出粉塵。

那一定不是我第一次看到妳，但只能是最後一次。妳穿著連套的運動衣，是妳在每次練習前後總穿著的，空氣中有異樣陌生的香氣大量漂浮，也許他們害怕由生轉死時任何異味的散發，但我大口大口的吸著，從所能得到的任何細微聲音與氣味中，記住這個屬於我和妳之間的故事結局。

我決定寫一封信給妳，但不去討論幸福或不幸福這種書寫不出來的事物，就像每一天報紙的社會版看到的追悼與遺憾。也不會問妳關於遺棄和離開這種傷心的字眼，我只是在寫一封信給妳，用我充滿細碎掌紋用力過度握筆的手，從寫下妳的名字開始。

Lily是妳，我是我，那天妳打算去的一定是一家很好吃的牛肉麵店，新聞說過的台北牛肉麵店那麼多，我還沒有真的覺得哪間好吃過。我在停靈室看著穿連身運動服的妳時，門外妳的姐妹們圍著來上香的駕駛開始哭泣，妳大姐的聲音穿過了停靈室轟然運轉的冷氣聲，也穿過了妳腳邊及走廊上劇烈盛開的白色百合花群，到我身邊。她用與妳照片中幾乎一樣總是抿起的嘴，發出指控般的哭聲告訴走廊外的陌生男子，你知道她還有一個女兒嗎？

我是我，而妳是Lily，我在決定寫一封信給妳的過程裡，搭著夜班紅五緩慢爬升到山上，買一包比山下貴了十元以上的鹽酥雞，走回建業路上第九盞昏黃的路燈旁。迴身時，我聽不見後山下除了燈光是否傳來任何聲響，長長的建業路上只有我裹緊羽絨衣快步走過。妳從天母無語長巷，走回市區。我從市區上山，山靜無人。這一封信，我決定只寫到這，其他關於我們在一九八七年分離後的種種，上了那台銀灰色福特轎車後的年月，都只是我的回憶了。

也許很久以後會再寫一封信告訴妳，告訴妳我的故事。

至少這一年女孩未死，只是妳的時間歸零而已，但請妳不要驚慌，這世界還有其他百合花，時間與妳都靜止在池水中妳飛翔般超越的那零點零幾秒，我用這不到一秒的時間把這封信交給妳。在妳不再衰老的二〇一二年過後，我會試著在信裡面、故事中開始愛，開始學習游泳時，完美的換氣。

請登入遊戲

妳說不要寫妳，可是不寫妳我就想不起妳，應該是這樣的，妳的容貌，有點像我但法令紋不那麼深，當然抬頭紋魚尾紋也是吧，我記得。

妳記得，高鐵經過烏日時，總有感車身微微一沉，沉至最多幾公分處便又瞬起，接著極快駛入車站。紗廠早已經拆光連焦黃的草根都沒留下，烏日也當然不再是當年的南邊小鎮，時間向前再向前，妳只好被留在它身後更遠之處。

那是妳一眼無法勾勒完的廠房分區，直到現在妳回想，再怎麼細細回想，也數不出在低牆後究竟有多少鼠灰色的廠區，而這次要找到第幾間才能回家。那時做什麼事情都像遊戲，紗廠最忙時，外銷的訂單從年頭到年尾都排滿，機台二十四小時不能停下，那些不停轉動上下推移著的紡錘，刷刷飛梭著的聲音，全都是遊戲的背景音，而妳跟他是遊戲的主角。

第一個遊戲開始，畫面是黑白而音樂是midi，他說妳在這邊數到一千一萬聲，或是睡個覺再起來，他就回來了，然後再一起牽手吃飯回家。潛規則是說好後數到一百，就竄出辦公室開始尋找他，辦公室後面才是廠區，每一間廠房都設在地下，只留氣窗略高於地面，妳會沿著每格氣窗口盡力的匍伏在地面，但多半是聽不到也看不到任何線索。妳說嗨，然後聽回音傳來的大小，便知道這間有沒有人在底下開動機具。嗨，或許是轟隆聲回應，或許是嗨伊伊伊更多回音，那時妳無意識中知道，只有回音的廠房下一定無他。

每一次遊戲的結尾畫面，是他在某台機器後鎖緊或放下把手的瞬間，所以妳才不喜歡在學校裡同學們玩的那些捉迷藏或是鬼抓人，因為更早前妳就已經開始真正的迷藏遊戲，在充滿陰暗光線和落塵噪音的世界裡。

那些只能在下課十分鐘探索的樓梯間操場中，根本藏不了真正的遊戲，於是妳偷偷的嗤笑同學。

太早開始的遊戲，藏有許多微小但卻深刻的瑕疵，除了妳不太能還原當時畫面的顏色外，還有太多設定錯誤的情節，就像越後面關卡的難度和場面都會更大一樣，妳發現他也跟著時間更加難找，是因妳長大所以他漸漸縮小？或是因為他開始放棄參與這遊戲。

妳找到他，第一百零七次，他說好，把這台關掉就走了，整排對稱而以棋盤發散的機器連律動的順序都相同，即使要妳發誓妳也不怕，不害怕說出妳確實看到了是他自己把手放進機器裡的，但沒有人問妳，遊戲便終止了。他背對著妳拉起右側第一台機，有時候棉會卡在機器，要先暫停開關把它們挑出或是撥回原位才能再開啟，這流程妳都能閉眼操作了，於是更加相信他一定是故意的。他打開第一台機，跟剛剛說的一樣，左手卻直接伸進裡面，機器在一瞬間停止，時間也是，只有棉線捲出時變成了暗紅，可能因為只是削下了肉塊，骨頭和筋完好，紅線纏了幾圈便淡成粉紅，時間於是成為粉色。妳也成為了討厭粉紅色的女孩，但並不喜歡黑甲油或十五個耳洞，只是因為粉色帶有他血肉的氣味，同時終結了妳記憶中遊戲的原型。

他的手其實沒有斷，因為機器馬上就停下來，但是他從大腿內側割下一大塊皮補在手背上，那塊皮從未真的屬於手，摸起來極不平整，顏色是接近焦灼的卡其。冬天時在皮與膚的交接處，會有無數細碎的皮屑並泛紅，他不再帶著妳穿越市區到他工作的地方了。在妳以為是遊戲出錯而自責時，他告訴妳紗廠要遷到印尼，那些紡錘被拆下，被送走，妳才第一次意識到遊戲本身與一定伴隨它而來的完結，存在著。

妳放棄跟他玩了，大概他也在某個時間裡決定放棄，所以妳從未問母親他去了哪。在遊戲之中，不能打探其他玩家，妳很早就知道，絕不犯規。

妳發現了更多的遊戲，第一次是那個女孩偷偷告訴妳的，妳從小到大都常對某種人感到好奇，他們總比大家多看了一部電影、早買了一本書、偷長大了一些，那女孩在大家背黃河流經幾個中國省分時，塞給了妳一本《天河撩亂》，妳亂糟糟的看了整本，只記得姑姑跟生病兩個詞，她聽了莫名生氣，妳說的是神鵰俠侶吧。暑假初至，她給了妳一疊遊戲光碟便搬去了花蓮，那時線上遊戲並不像現在普及，撥接的網路傳來像電話音效的連結聲，還只能用三點五磁片存些小文件與照片的那時。從軒轅劍到絕代雙驕，妳開始玩單機的遊戲，知道了RPG攻略、論壇與BBS這些之後藏著的另一個世界。更多的遊戲藏在那之後，妳偷偷頓悟。

於是開始懂得飛，飛越妳能擁有的年齡和生活。

初次飛翔需要一個著力點，那是一朵綠色的五瓣小花，有極機械的音效，但是花開五葉落在妳初萌的感官上，每一葉都極煽情。ICQ裡十九歲的香港男孩，每天寫一情詩，直到情詩變成航空郵件投入妳家信箱，妳才決定登出遊戲，於是每晚綠花萎靡，成為灰白，可能只剩一人尋找而一人甚至放棄躲藏。

妳打開電腦，DOS開機畫面緩速經過，撥接的音效聲響起時妳蓋壓住喇叭，怕吵醒十步距離外熟睡的家人。那時在奇摩聊天室裡，妳建構了屬於妳的城邦，在那裡曾假冒大學生、假冒男人女人或是其他城市的人，唯獨不是自己。踢人邀人或只有兩個人，妳用文字建的那座小小城市，多彩且完美。不像真實世界裡，不能細看的一切，像是雀斑疤痕或是膝蓋因嬰兒肥消去留下的銀白紋路，這些都用文字和視窗抹掉了，妳在裡面才是真實，清晨六點五十準點發車的校車卻成為了生活裡的遊戲。夜晚太短瞬，於是也不睡了，也許其實一直都沒醒吧。

在這裡向遇見的人傾訴，究竟是幾個人，也無從追憶。但此時妳才敢說，說妳在烏日紗廠裡找的那個人，再也找不著，說妳與母親每晚從十字交叉橫貼在門口的法院查封條下鑽進家門時，都害怕鑰匙聲驚動鄰居，妳們買一份自助餐，她總說不餓給妳吃妳就吃多點，只在每天出門前把妳的制服燙得筆直潔白，告訴妳一次又一次，不要駝背，要比那個巷口同校車的女生更早到停車點。而關了電腦，妳對班上總坐在妳旁邊那個綁公主頭的女生，卻只說得出，欸對我媽真的超賤，再無其他。

妳相信妳說她賤是中肯而實在的，就像妳們遊戲的方式一樣。試著想像學校內女生下課時玩著的鬼抓人三字經紅綠燈遊戲，妳們玩的就是升級加強版，躲避著她的窺視。洗澡時反鎖，她仍然在門外徘徊，讓妳以為無心的撞見她許久未曾檢視的女體，妳的女體。妳以為無事了，卻像是審判或是評分一般，在某次妳們用餐時她總會開口。

妳的右胸怎麼比左胸小了許多？

妳的顏色跟上次怎麼不同？

啊，是的。所有顏色大小也許氣味都被她當作紀錄般記在腦裡。這是妳玩過最無趣最厭惡的遊戲，一個好的玩家是不能說出疑問的，就像妳從來不會問她，為什麼不冷時妳的乳頭仍是突起的，或是為什麼毛髮生長的方向如此豐厚。說出來就是向對方曝露妳了，像射擊遊戲一樣，妳總是玩得極好，沒有把握一槍斃命時不向其他玩家射擊。

但妳從不想與她一起遊戲，只能習慣她茫然無標靶的射擊。

習慣是一種保護色，她開始看不到妳全裸半裸的任何無防備裸露狀態，當然妳也開始接手清洗自己一切衣物，妳無法確定是否所有的母女組合都曾玩過這遊戲，但至少妳與她進行了好幾年的角力。有時妳們遊戲的範圍更廣，許多時候她失控的拿起任何可以令妳感到疼痛的物品加諸在妳身軀，妳無法不這樣想，她是不喜歡妳身體的，在看不見後更加深這股反感。所以妳開始出現傷痕與疤，同時，也開始出現一種體膚的疾病，在冬日或是乾冷的日子裡，妳的小腿與關節處浮出紅點，紅點與紅點間隔極小，若是不慎抓破一個，總會有細微的體液濺出，引起更多紅點增生，妳看醫生，醫生告訴妳是異位性皮膚炎，妳察覺它是個怎麼都不會討喜的存在，不管是異味性皮膚炎或是異位，性皮膚炎，都是令人反感的聯想詞。夜裡極癢時，妳總有點恨她。

醫生說那是一種跟先天抵抗力有關，當然也多半屬於天生的一種皮膚病，就像是男是女一樣，出生時就已被決定好，只是幾時開始發作而已。妳開始發作在，鎖門睡覺那年，就像是報復妳不再對母親敞開衣襟一樣，長在腿和腰間，令妳長年也不敢穿上短褲短裙，只能向世人一併封閉起妳的身體。她倒是和童年記憶中一樣不再改變也不隱藏，妳總是不解她為何洗澡時不喜歡關門，洗頭時總要蹲在地上低頭沖水，當然她雖然豐腴下垂卻無絲毫疤痕的裸體也令妳難堪。

如果是一種天生的疾病，那她為什麼全無發作？

長時間以來，妳們的遊戲妳都屈居下風，直到妳終於從她手中第一次搶過那用來責罰並令妳疼痛的器具（配備）後，她才不再靠近妳，妳真正擁有了一個不會被翻閱抽屜和檢查信件甚至衛生紙的房間。正確解釋是，她不再與妳遊戲。

皮膚炎在青春期過後好幾年早就痊癒了，只留下淺淺卡其的塊狀疤痕在小腿幾處分布著，但每當妳夜半上線與陌生男人談論到母親時，就開始發癢，卻都還是能克制不去抓的癢度，妳猜，當妳開始抓它時，疤痕裂開，必會流出感染擴散的體液，跟回憶一樣，妳都不去真正碰觸，最多撩撥撩撥。抓癢時，妳又想起一個男人，是聽過那些窺視祕密最多的男人，或是男孩？妳當時與他隔著中華電信慢速撥接網路的距離，文字背後的他被切割過多塊，有些片段甚至與其他人重疊，但至少妳依然記得他。只是你們不曾玩過遊戲。

一切都是真實的，那時年輕，年跟月跟日都還是浮著的，輕輕的飄在記憶裡。妳在奇摩筆記裡寫日記，妳在聊天室裡開開關關一個個小房間，等著他進入，或者他等妳。精神跟身體一樣，男男女女都適合進入，只是前者需要的是情感後者只需濕潤。妳還年輕，尚不知道可以跟網友見面，或是電話，於是妳回想他當時也是年輕甚至年幼的。否則你們應該也會葬送在某間瘋馬或U2裡面，玩完折疊身體的遊戲後回家，再也不上線登入。

遊戲開始變成一種大規模的墮落時，妳依稀還記得是伴隨著世紀末來，丟下了bbcall和撥接網路後，那一年奇摩筆記倒數著關閉，每一天介面右上方都提醒著用戶記得備份寫過的文章，但一個ctrl＋c不能複製感情，妳如此相信。在時間軸線變得後傾，刻度與刻度間距偷偷變小後，妳早已經忘記那年寫下的種種，筆記中連筆跡都未留下。網路終於成為一條條馬路，帶妳離開純粹的自己，唯一的後遺症、那時終日連網的唯一後遺症，是忘記書寫的正確姿勢。

常常妳右手拿起筆，左手卻成弓狀等待一旁，妳深怕被旁人看穿。但症狀在妳刻意隱匿的幾年後，開始擴散與傳染，妳只不過是遊戲時代的第一批白老鼠。在人們開始無名與ＭＳＮ的那幾年，妳卻不斷懷念筆記與ＩＣＱ上遇見的人們，並且更深的感覺到，他們過於真實。

啊，於是妳想起來他姓蘇。

蘇先生你好，蘇先生一百七十一，膚色是終年在家養出的白，白下透著青色血脈，與妳相同。妳每次聽到陶喆重唱蘇三離了洪桐縣，便想起你與蘇先生未見面就先分離。後來Facebook開始風行，他在萬千人名裡找到妳，妳才在他的生活照裡面認識真正的他。他那年告訴妳，他讀一所台北東南方的高職，生活裡是不停的鬥毆與火併，機車後座裡除了大鎖榔頭外一定也必備扁鑽，想像中的他陰鬱蒼白卻又像極少女言情小說封面那些男像，俊美異常，後來妳看到電視裡那個音樂比賽出身歌聲總低渾磁性的白皙男星，便自動記憶重整成為他在妳心中的形象。直到今日遇見真正的他，真實的他戴著銀邊眼鏡，臉形微方眼角是無害的微笑，每張照片中多半都是穿著台製平價連鎖店的中低價polo衫，或是比起身型更鬆垮的T-shirt，那不是妳心中的搖滾明星。他開小小的對話視窗問候妳時，妳就只能把他看成一個素昧相遇的蘇先生，蘇先生你好，妳也好，王小姐妳好，你也好。視窗再一次彈跳，下一次時妳只順手把他關掉。記憶裡妳仍是與那個搖滾明星在夜裡長談，記憶中妳仍然會不時夢見回到烏日紗廠，但轉頭被機器削下血肉的人卻成為了搖滾明星，不是父親。

妳說千萬不要提起妳也曾在Facebook裡搜尋父親的名字，但是沒有一個是他，當然羅馬拼音或是漢語拼音種種組成的不同名字也可能將妳排除在外，因為太丟臉了，其實妳根本不在乎他，妳只是在夜裡睡不著時，開始會不斷鍵入任何妳曾記憶過的名字，連那個小學因為妳不理他們把妳聯絡簿撕碎的雙胞胎都找到了。妳想這也是一種探險遊戲，像是當年妳玩古墓奇兵時（早在安潔莉娜．裘莉接演電影前），妳總是花整晚的時間爬到任何瀑布或是樹林夾縫間找尋任何可以撿拾的器具，偶然收集到的許多寶物一樣。那時候的玩家不容易彼此相遇，網路未普及到連國小生都隨意接觸得到，大家真摯的分享攻略與交換寶物，尚未有任何外掛的程式發明，當然也沒有人想過真正販售遊戲中的虛擬寶物，妳曾形容那是遊戲的純真年代，也是妳最輝煌的年代。

我也依然記得妳所有的帳號，彼時妳癡迷於英國樂團Oasis，所有的帳號都以此為開端，雖然我總覺得Oasis唸起來真的很像台語的芋頭，但妳不以為意，聽一首又一首的歌曲，每句歌詞都不解其意但唱起來從不費力。妳後來聽過一次他們的演唱會，主唱兄弟早已經不只鬧翻過一次，弟弟的聲音因為老去以及過度用藥而早已不再頹廢高亢，甚至幾次的破音和罷唱，但妳站在前十排，癡迷依舊的抬頭仰望，仰望的是妳的年代，不是歌星，在他們唱到slip inside the eye of your mind時，妳渾身顫動的忍住眼淚。除了因為嗓音不穩還有音響時強時弱外，妳終於從他們身與聲中看見純真的凋去。也差不多是在那年，妳發現任何新的社群網路或是遊戲全都開始流行使用真名，什麼小潔亞衣蘋蘋全都不見了，只剩下三個認真而生疏的音節充斥網頁中，slip inside the eye of your mind曾經是妳經營部落格的標題，妳發布一篇又一篇幻化成文字的遊戲，分享人生給其他人的人生。

演唱會散場，妳坐在高鐵上，兩百四十九公里時速時漸近烏日，烏日的灰濛山城散開，變成一張3D地圖，妳往右看便輕易找到了舊廠房所在，廠房還在，只是空置。輕輕浮在地圖右上的還有小小的妳，妳走過的輕巧足跡被一條灰白的線劃出，穿越過了廠房，再穿出來到空地，線來回的太過頻繁畫亂了整個廠區，直到妳再看不見。地圖翻轉變成了屏幕，妳在浮出GAME OVER之前便轉過低下頭，從外套拿出手機，一個新的app程式串聯了妳所有使用的帳號與信箱網站，妳輕輕一碰那圓形小圖，3.5吋螢幕以電光火石跳出登入頁面。

請輸入帳號【　】

請輸入密碼【　】

請玩家登入頁面、請用戶登入帳號，也請妳登入人生，若忘記帳號密碼請回答提示問題。

我記得，那時妳選擇按下登出，於是我接著登入。

鎏金之城

我總習慣在片尾曲響起前離開一場電影，整理自己的衣物，把軟革鞋面上因經過一座城市街區而沾的髒汙擦去但始終擦不乾淨。我不回家，租賃在不夜城區的一個小套房中，付著和坪數不符的高額租金，只為從通宵營業的餐廳、居酒屋和便利商店裡二十四小時充斥的那些發光男女中，更靠近了解這座光之城。這城市與人們幾乎不睡，只偶爾寂靜，但寂靜也依然是不真實的，我曾經把水龍頭鎖緊家裡電源切掉，張耳在小小陽台上聽，雖然未曾確切的聽到但感覺得到，寂靜中有種哄然的、旋轉著的無聲，把那些如開機關機螢幕啪一聲熄滅的聲音全蓋過了。

我常常在轉角的百貨門口坐著，花整個下午到傍晚的時間張望著這條大街，隔著條小水溝，雖然水溝上橫亙的橋旁打上河名燙了金，但仍然是條大點的水溝，於是隔著這條水溝我看著兩端。水溝往西，是舊式大樓藏著小隔間的服飾店、美妝店，二輪影院和MTV也匿進其中。水溝東面，玻璃鏡面的大樓蓋著，鷹架圍住了城的天際線，這裡比起西城連路面都經常翻修，連鎖的影城圍住新大樓，但我通常留置閒晃的區域只在橋西旁三公尺的小貨車附近，在那裡買份鹹酥雞，加很多蒜跟九層塔，捧著它們逃出鷹架般的東城。更常在上班族都失神欲睡的午後，水溝旁看見某大明星從計程車上下來，用墨鏡和帽簷吸引更多的目光，可能穿著不合宜的配色或是剪裁失當的衣裙，走向橋東的途中未曾瞥我與身後背光西城一眼。更多的時候遇見那些不知名的少婦或是白日出沒的高眺妙齡女子，在日光下仍發散著謎的夜晚香氣，不論年齡都一樣蒼白，她們不定轉向東或西，但她們臉上一定看不清情感與時間痕跡。

每到夜晚總得回家換上制服，我在巷口的便利商店打工，那裡有不停歇的冷氣和人群，有些在夜晚狂歡後感到飢餓、有些熟練的買著菸在店門吞下吐出，狀似等待，卻在菸燒近濾嘴時轉身就走，更多時候他們走進卻直接坐在店內的單人高椅上，喝杯咖啡買份雜誌，在人一變多時忽然離去，我看得太多卻從來不說，只用歡迎光臨與謝謝光臨遮掩自己觀察的視線。

那個阿嬤總在十一點多來，畫著浮出粉粒的妝和塗超出唇線的口紅，頭髮吹蓬，有著花露水和其他粉味在她周圍，那時她總已經提著許多東西，有透明塑膠袋裝著的乾麵，乾麵旁卻放著在路邊買的花朵髮圈，或是明顯不合她身材的緊身小可愛，她會走到冰櫃買一瓶啤酒和養樂多，每一次結帳時都會再重複次她養樂多是要買給孫女喝的，然後掏出張千元大鈔，我固定找她九百六十四元，阿嬤把零錢都放進她的塑膠袋中，但隔天總是再給我一張全新的千元鈔。我對阿嬤的印象極深，甚至深過那個每週末都會開著跑車載不同模特兒來買保險套的電影明星，店長才是真正見怪不怪的那個人，那天養樂多阿嬤剛結完帳，店長來店裡，店長卻說阿嬤從七、八年前就開始幫孫女買養樂多了，電影明星買的更久。

在深夜比較少人的時段，總要走到冰櫃後補飲料，穿上防寒的衣服，在低溫中卻異常溫暖，從不關上的亮白日光燈泡把店裡照成整條街上最閃亮潔白的一角，但卻得看太多這城市隱晦的陰暗面，叮咚的進門聲送進來一個又一個比電影精采並真實活著的角色，我從不抗拒的一一記下。兩個男孩在深夜進來，乾淨的臉孔和氣質，櫃台的同事專注的幫他們煮著咖啡，他們卻一閃身來到我藏身的冰櫃前，但對我不曾察覺，在狀似挑選其他飲料的手勢中，男孩們的另隻手在彼此身下摸索，從單薄的夏日短褲中尋找彼此，我無聲的補上其他飲料，不管男孩與男孩或男人與女人、不管是探索的手粗暴的手或偷走些什麼的手，這裡應有盡有，我在供應一切生活必需的商店中看到一切生活，然後歡迎他們。

凌晨，冬季時天色仍一片黑暗，分不清是霜或霧，總之氣味厚重，把停在門口的機車裹了一層露珠，換下制服後我買一杯奶茶微波加熱，一手拿著它另一手赤裸的抹去座墊上的水氣，因為這左右的冷熱感受，狠狠的打了陣哆嗦，然後坐上未乾的機車，以無聲滑過這座未醒的城，八線道的路面紅綠燈一路閃著橘黃燈號，當時速超過六十，這片黃燈便連成一片鎏金色系，在我到家之前天色便會開始亮起，鎏金融解露出了下面金屬骨幹的城市，一路接續到了我住的那片水泥斑落的牆，到達水溝橋面更西處，燦金過後只是灰。

金屬大門隔不住太多聲響，灰階石梯的五樓，走到時難免喘息不平。隔壁那戶人家是對母子，兒子慣例比我再晚些回家，他總在我洗完澡準備睡時大力拍著他們家的鐵門，短促而響，從不說話或按門鈴。每一次早晨他的返家就像報時，他重而忙亂的敲著但卻從不大喊，他的母親也未曾說過其他話語，只有巧遇時嘴角生疏而心虛的彎著一點弧度，在劇烈而粗暴的拍擊中我感到心安，悠緩睡去。

睡醒後我看一整天的電影，有時電影都看光了，就再去二輪影院重看一遍。平日時光中，極少去任何便利商店，因為那些自動快速的門後，可能藏著太多跟我一樣觀察的眼，我驚懼他們看向我，從我接住找零的手中紋路卜出我可能的一生，或從錢包內的物件猜疑來歷，城東、城西？或更南之境？

驚懼，只因為再熟悉不過那套便利商店占卜術，他們都是其他的我。

某夜，那女人在兩點四十走進，雨傘還滴著水就走了進來，像異時空的穿越者，她穿著一身時裝，黏著的兩層假睫毛半剝半落，眼影化成眼角的一片暈染黑洞，衣服簇新而她沾有陳舊的氣味。她在櫃架中行走，並沒有認真看什麼，只是神情一直往櫃台處漂移著，眼神中卻沒有我。我也常去天文博物館看那些星體的3D影片，只因我工作的地方太亮，星星比跨年的煙花還更難見。穹頂的星空中，彗星在宇宙內穿梭，微小行星的引力無法吸引她停留，商店裡，她在架上隨便拿了盒微波食品，在櫃台後我接住她透涼手下的物品，轉身按下加熱鍵，她的手扭著長鍊皮包的一端，扭得我跟著慌忙，黑色眼尾餘光在落地玻璃外掃著，一輛轎車停住按了兩聲喇叭，她扭的結更大了些，我無法卜出她的來源，她把手收在暖皮手套後面。

「再加熱一次。」聲音寒冷但眼神灼熱莫名，我不能再加熱，廉價材質的包裝可能會過燙融解，但還是按了次加熱的按鈕，嗶一聲之後開始旋轉，她接過零錢全都投進捐款箱，接過冒著過多熱氣的微波食品，她轉身走了出去長髮旋繞，像另一層迷霧星系，在可以清晰看出品牌的一身中，我嗅出了她一人竟擁有著整座城市甚至整個星系的味道，分不清方向。

「謝謝光臨。」

我聲音沙啞。

隔熱材質的黑膠擋住了車窗，她轉身看白亮過分的店門，眼神是一片空白卻折現出不知名光影。十幾分鐘之後我撈著關東煮裡的食材準備換新，才發覺光影只是眼淚，如此常見不應該忽略，看太多電影明星分不清藥水或哈欠的淚水，真實世界的眼淚發亮，明亮到不該屬於我們無法發光的身體。但我仍然知道，無法發光的我們只是因為遺忘，假如世界喪失了光源，那一天我們都會重新發光。

重新，因為我們的身軀還溫熱著，那一定是光盡後留下的餘溫。

過了四點半，週末，今天阿嬤與電影明星都缺曠了，我按開收銀台收起多的鈔票、打開用盡的發票捲上新的、下一班同事的機車排氣聲音極輕的在遠處響起，或許是他家樓下，一切清晰因城市靜極。我偷偷坐在店內高椅上喝微波奶茶，其實養樂多阿嬤的家就在我租屋不遠處，她在下午時澆花我在下午時早茶，整個百貨商圈後的地有一半是她擁有的，租給了茶街、租給了商城，一生未嫁。電影明星有恩愛的老婆，十年之前同十年之後，他永遠會在鏡頭前牽著老婆的手，那雙手也無數次一手接過找的零錢，一手捐出去發票。同事遲到了三分鐘，我回到櫃台，穿著一身夏裝的男人走進，身上被冬雨浸得半濕。

「歡迎光臨。」

他掏錢買了包長壽菸，轉身後我打卡，達達聲打在紙卡上，那一聲後城市的天開始亮了。

交換時間

童年對我而言是種氣味，但不屬於繁華或沉靜的任何一種香氣，只是一種濃濃勾起食慾的氣味，像拉麵。

像深夜營業的台式拉麵店裡一碗九十五元的醬油拉麵，卻總還有更多，那一點長壽菸的二手氣味，那聞起來總有停車場加上消毒水的空調味，或巷口機車上那男人口腔檳榔渣滓散發出的石灰熱氣……當氣味無法再多時，我的童年就隨著你無聲而突然的出現了。你總在其中將嗅覺味覺打散，用你的沉默給了我一個無聲但香、味俱全的童年，因為太年幼而無法感動的舊世紀在這些菸塵味中無聲滑落，無聲的長大。

在轟隆的鋼珠掉落聲中，自動門無聲的滑開，每一個假日的午後，我在機車後座抱著你，風還可以自由穿過身體，死甜的紅茶和十六度的冷氣風口，我專注的等著你、你專注的把珠子投入，每一個滑落的聲響都被按下靜音，我在等待中學會快轉時間，因為等待往往可以換來鋼珠店旁二十四小時營業的一碗拉麵，你留下最後的兩百塊錢，用蔥花和鹽香換我的一天。

我聽不見來自童年的聲音，或許曾用回憶中的香氣交換聽覺、交換時間，但那時沒有比這更值得的事了。

太久遠前的畫面，總是用錯格的方式隨機播放，那晚我一個人在店內的高腳椅上吃薄鹽醬油口味，你卻放下吃到一半的麵碗，在計程車前簽下什麼，外公和外婆穿著正式的站在一旁，媽媽遠遠的看著我，她嘴巴動著，卻沒有傳來任何聲響，就像往後的幾年她總是張嘴卻無任何聲響，沒再對我說過關於你的任何話語，也許她的世界被你按下比消音鍵更可怕的按鈕，和你交換了更多。

於是那晚她牽著我離開拉麵店，她牽著我離開未完的一天，也牽著我離開重劃前的舊城，離開了無聲卻溢香的二十世紀末，當我不再擁有和你一起的週末時……

我開始吃不到回憶的香氣。

比失語更嚴重的一種疾病，莫過於再也無法遇見那氣味，我進入無法品香的時代和年紀，離那天越來越遠。你曾在速食店剛進入台灣時帶我去第一家分店裡點了份牛肉堡，是牛肉和生菜加些許洋蔥，第一口就被我吐了出來，也是第一口就被我的童年否定，牛肉被壓縮拍打的乾扁，醬料的酸和濃郁混合成了一種遮掩，我大口大口的喝下飲料再也不碰那塊漢堡，你笑著帶我坐上機車彎了幾彎，在巷口吃了碗牛肉麵，沖淡了速食的老油味，還給了我童年的味道。

之後便不再進入速食店的我，堅持了幾年，仍然在所有穿著制服擠在下課公車的人群推擠中，被新時代的浪潮一起推進了速食店中，在半杯冰塊的冷飲和油炸到酥脆有聲的薯條掩護下，成功的和所有人一樣吃著套餐，但更多時候我聽著店內播放的音樂，聽著晚間新聞，在極少的安靜片刻卻仍聞到熱湯麵的氣味。制服少女們示好的幫我點餐，但無論多久多大，我仍只堅持的說著：「不要牛肉堡。」不管買一送一或是半價優惠。

每一個在身旁的男孩總是驚奇於我的好食慾，整座城市的美食都被我記下，即使是哪一次無意的左轉，我都能精準指出最近的一家名店。每一個在身旁的男孩也總是抱怨，卻永遠不懂便利商店麵包和剛出爐的裸麥麵包的差異，更不用說美食街的拉麵和秤重精細的手工拉麵的不同，每一個麵條的彎度都是為了更好的口感，男孩們不明白就像我追尋每一家完美店家中的料理，並不是為了完美，而是一次次的找尋，找尋和回憶一樣的完美相同，而其中是否有你？

所以當我自己開始騎上機車，憑著記憶過橋過河，以縱向穿越這城市各處，卻再也找不到那無聲卻有味的鋼珠店，每一家陳舊的招牌和空店面旁，也從未有任何賣著拉麵的痕跡。風在耳邊颳出太多聲響，我去遍每家知名的大小拉麵店，卻吃不到那晚的那碗香氣，問題是在少了菸味或是陳舊空調的氣味嗎？

而回憶是否存在？

這城市和你一樣，從未回答。

直到那天我在深夜重看了一部電影，電影中主角的職業是剪接人死後一生片段的剪輯師，將人們在那年代從出生便被植入腦中的晶片取出，那自生到死的所有畫面在他手中成為一部回憶錄，勢必要讓活著的人痛哭、疼入骨裡，彷彿如此才能證明一個人真正的離去了。那剪接師在歲月推移中，無意間在他人的人生中發現了自己以為在童年失手害死的玩伴，已然成長，那破碎的記憶片段被播放，他在影像和自身記憶的交雜間，明白了人身記憶的失序與充滿謊言。

所以我驚悟，原來是謊言。不論完美或缺陷，記憶都具有戲劇化的視角，戲劇化再平凡不過的一切，我的一切。

新的世紀太多聲響，只有隔在舊城老街區的那些過往無論怎麼叫喚，仍然無聲無息。舊公寓頂樓的大門開始泛著比鐵鏽更深的黃，搬離那城區已太多年，偶爾媽媽會下廚做出滿桌的菜，與鐵鏽黃的銅大門中一樣的菜式，糖醋魚、豆腐羹、炒四季豆……二人圍坐的餐桌，瓷碗鐵筷敲撞的聲響從未停歇，我們用不斷重播的新聞和更多話語填滿回憶中蔥薑蒜該有的味道，或填滿她喪失的更多，而她喪失的這些都已久遠至我無法追溯、解答。

我用失去的香味跟記憶換來聲音，恍若在夢境中聽見那晚母親在計程車前的聲音越來越大，薄鹽醬油的味道在隔壁滿室菸霧的遮掩下變得更難以記起。

她說孩子要跟著我。

（今天的蔥花少放了點）

你在記憶中第一次有了台詞，於是你說：

「好，我不要她。」

（我一口氣把碗底的湯喝完，抬頭，看不見你）

在尋找味道的這些年，我第一次喝完手上這碗湯。香氣濃郁，端坐身軀，終於找尋到比記憶中更美好的味道，也或許是因為在這麼多年後你終於發出了聲音，把存在過去的香氣交回。

這晚四處鼓譟，喧鬧聲中又跨過了一年，我在鬧區餐廳人群中心，以為我終於完整了，才張口卻發現失去了聲音。

花事了

「妳知道妳小學隔壁班同學，媽媽很吵很三八那個，知道吧？」很吵很三八是我媽眼中，所有同學媽媽的統一個性。

「妳說哪一個？」

「就是很吵很三八那個啦，姓方還是潘的，家裡有六個小孩那個，知道了吧？」

「哦，妳說方媽媽。」

「就是說她啦。」

「她怎麼了嗎？」

「上次在市場遇到她，跟我借了三十塊還沒還。」

諸如此類的話題在我們家中一再重複，然後又會回到我寫小說的前途上打轉，因為我是個寫小說維生的人，但一般情形下，並不喜歡人家叫我寫小說的，感覺就跟叫別人賣雞的、掃地的或離過婚的阿娟差不多，所以多半在職業欄中會寫下「文字工作者」的名稱，雖然我相信少有別份工作比我待遇還差，但最後我是會受不了話題的高重複性出門走走。

我家巷口外是條很髒很窄的街道，整條街上沒有一戶人家不是賣吃的。所有國小、國中同學均散落在其中，順著街的右側靠近街尾的水果攤是我國小暗戀男生的家，聽說後來他因為打魔獸被朋友盜帳號，就綁架他朋友三天，最後反而被打斷了門牙，到現在還沒錢補好。每次經過他家，我都會加快速度通過，如果遇到他，希望他不要跟我借錢，雖然他是我的初戀情人。

當然這也跟我國中時腳踏車被偷有關，我一直懷疑是他做的，因為他後來都騎著一台極相像的腳踏車上學，而我是怎麼也不相信他會想買那台淡粉淑女車的，或許是我太小心眼了。還有個常一起補習的女生，我已記不起她名字，就叫她潤餅妹吧，因為她家是在餐車上賣潤餅的，小時候補習前，她爸總會在擦得白亮的鐵板上放好潤餅皮，在餅皮裡撲上滿滿的蛋皮、各式切絲的小菜，給我們特別多的花生粉。潤餅妹後來接了她爸的攤子，變成了潤餅阿姨，但我現在偶爾去買時，花生粉卻跟大家一樣多了。

順著街道走到底，是我的小學，操場不是PU跑道的，因為那時PU跑道太貴，是現在很少見的紅土，紅土的觸質很粗，像海灘上的沙混著磚粉，小時候每一次跌倒，土順著傷口跑進嫩肉裡，總要在水龍頭下沖很久的水才能流乾淨。

我對她說，那種痛大概就跟海蚌吐沙差不多，如果海蚌吐沙會痛的話。

我們曾在那裡葬花，猜想聽到的人多半都會竊笑，但那時才小學五年級，連禮拜六都還要上課，穿的是白衣藍裙有吊兩條帶子那種，所以我想仍是久遠到可以接受小五文青的葬花年代。她媽媽是教國文的，從小每天都要細讀完《國語日報》，喝完嘉南羊乳才能出門，那時我們翻閱《紅樓夢》，只翻到了黛玉葬花，插圖是黛玉娉婷，水袖，髮別珠花，便像是鬃狗聞到血一樣興奮了起來（可能因那打扮其實相當時尚），這種興奮感造成的後遺症不定，有些人會在家中披起棉被轉起圈圈、有些時候則可能像我們葬起花來。那時還是正盛之夏，不知名的野花茂開，沒有一朵是落在地上的，以為無花可葬了，帶的花鏟跟小桶子堆置在旁。·

「要回家了嗎？」
「幹麼回家？」
「可是地上沒有花耶。」
「……」
「那我去拔一點花好了。」
「可以這樣嗎？這樣算作弊吧！」她說，記得書上黛玉沒有先拔花。
「但妳昨天不是也丟小抄給我？」
「那……我們不要拔太多好了。」
於是隨便摘了點還連著莖葉的花，放進土裡，於是，好像變得更接近書中黛玉那種神性一點了，這種感覺是之後許多年的時光中，都仍然持續被放大找尋的，一直找尋到如今，相信若我們曾試著回憶，都將看穿以為的「神性」不過是種自耽。只因，那年我們漏讀了《紅樓夢》太多，林黛玉果然不是想像中的超級名模或是陽光美少女。於是去年我決定寫信給她，告訴她，我們錯了。

「非洲朱槿花是一種很常見的花種，在妳家樓下或我家隔壁應該都有，我想妳還記得我們曾對非洲朱槿做了些什麼。花瓣是紫紅偶爾偏粉，生命力極強，真不愧是從非洲來的。我常常在想，妳應該也發現了林黛玉是個體弱多病的傲嬌，如果按照我當年的想像，她不應該是這樣的。

假設在現代的話，她應該是月入四萬八以上的白領階級，住在十八層高的大樓裡，有保全連線跟電腦管家的那種大樓套房（雖然應該是租的）。交過三個男朋友，第二個男朋友劈腿，所以她開始養狗，因為她發現認識的人越多她越喜歡狗，但絕對不是養紅貴賓的那種女生。這兩年開始上烹飪班，卻發現因為學的都是法式甜點，所以三餐還是只能外食。

第三個男友叫賈寶玉，家裡有點閒錢，是個夜店咖，他們不是很投契，所以最後也和平分手了。幾年後她也許會升上小主管，從朋友的朋友那認識一個竹科的資深工程師，工程師閒暇時喜歡種種花，因為四十幾歲身體就不好也賺夠錢，接著就退休在家了。有一天她可能週末才開完會，回到家脫下有軟底氣墊的跟鞋（因為這幾年腳實在不好了），坐在客廳搥腳時發現院子種的非洲朱槿，想到小五時跟朋友葬過這種花，因為是夏天沒有落花，所以正確的說她們謀殺了那些花，然後莞爾一笑，工程師也剛好買了新的肥料接完小孩回家了。」

那天寫完信給她後，我到郵局排了很長的隊伍買郵票，但是實在不知道要貼五塊還是七塊半，員工問我要不要乾脆寄掛號，我於是答應了他。我想她應該會很快就收到我的信。

我一直在等待她的回信，也許她會說，「嗨，謝謝妳的來信，請問妳是哪位？」或是不巧嫁了位工程師，家裡花圃有株非洲朱槿，懷疑我在諷刺她而把我的信送進碎紙機也不定。

因為我是個文字工作者，所以我也跟其他同業一樣在郵局租了格小小方正的郵政信箱，每個月都固定的會去領收信件，但多半是出版社寄來的快訊或是新書廣告，沒有什麼讀者來信。那天我收到了封直式信封袋裝著的信，收件人卻不是我的名字，才發現我早已沒了她的地址，習慣性的寫上自己信箱，誤把信寄給了自己，這讓我反而鬆了口氣。

「非洲朱槿花在小學校園裡變得少了，因為根莖上細刺太多的緣故吧，前幾年校慶我騎著機車經過學校外，操場變成了PU的跑道，這樣就不會每年大隊接力時都漫天紅塵，摩擦力應該也變小了，跟這世界一樣。

這幾年花開得太少，聖誕節時我在百貨公司看到漫開的聖誕紅花海，還有水珠凝在葉尖處，旁邊的小孩嬉鬧中推倒了一排花盆，卻沒有土灑出來，連水珠的位置也沒移開，如果有林黛玉她也應該很困擾哪裡有花讓她繼續葬。

我還住在舊家的平房裡，嘟嘟雖然很老了，但一樣很凶生人。我很好，為了怕某個名叫黛玉（或不叫黛玉）的人，有天無花可埋葬，我開始種花了。」

我於是回信給自己。

她的名字

她在郵局上班，但不固定哪間郵局，她是郵局員工的代班人員，最好的差事就是被調到大學校內郵局時，除了開學時會有多點新生開戶外，平素的業務就只須跟相熟的不同系辦員工交流。每天五點她都會準時拉下鐵門，換下鵝黃色的半絲制服，鵝黃色一直是她很喜歡的顏色，但經年的穿脱下鵝黃便褪成了更朦朧的夕陽黃，像夕陽最外圈的餘光，夕陽的黃怎麼都不會像青春的鵝黃了，所以她每一天都背對著日光沉沒那方拉下鐵閘。

「媽，制服要洗了，幫我洗一下。」

晚間新聞才播到一半，剛晚自習回來的女兒只說完這句話就進房了。她把待洗的衣物分色丟進洗衣機，有些要裝在洗衣袋中，女兒最喜歡這個牌子柔軟精的味道，還要記得把衣物翻了面再洗。女兒學校制服的顏色是透石綠的青，百合樣摺起的裙襬，她曾偷偷在身上比過，卻也不是她所想像中那年十七的模樣。

極多的時刻，等待脫水完成韓劇剛播完的夜晚，她習慣在陽台聽著女兒房中的音樂和冷氣運轉的聲音，間歇的還會有答答的鍵盤聲傳出，因為對面大樓的燈火通亮，她常常不開燈站著，有時候脫水完了、衣服皺痕深了她才發現。

「妳這樣站在那很變態。」

不只一次女兒出來倒水或是看電視時對她這麼說著，她生氣的辯駁更多理由，但沒注意到每次都只是重複上一次與上上次。現在陽台上晾著貼身衣物下的那片空蕩花圃，只剩白色被雨損蝕嚴重的殘盆半瓦，裡面已連一點土色都不復見，如果她細細追溯回更久前的時光，這裡曾是一片小小的蘭園。

那幾年蘭花開得越來越好，顏色和姿態常令她歡喜不已，在記憶中蘭花開得最盛綻的那年，他開始晚歸，三菜一湯多半冷掉了在餐桌上等他，電話常常關了機，接了總是在加班，她的夜晚終於只剩下女兒和蘭花。

「要寄限掛還是掛號？」

「要不要開收據？」

平素的每一天她對陌生人都如此招呼，中午用餐後偶爾會收到女兒的簡訊，大多是「不回家吃了」、「我自己買晚餐」這類的話語，這天午後她傳簡訊問女兒。

「晚上去吃摩根西餐好嗎？」

從小女兒就愛那家西餐店，雖然是西式的卻也會推出像是炒飯或是排骨飯這類跟裝潢和價位不符的餐點，一盤炒飯價極高，往往在慶祝什麼時才會帶女兒來。

那一夜，蘭花開的前幾天，他帶她在晚茶時段來，記得非常清晰的，不是用過的餐點或是他在紀念日難得的安排，而是回家後整棟公寓的通明燈火。只因女兒半夜驚醒發現家中沒人，不知道怎麼的念頭打開了家門，一人坐在玄關處腳伸在公寓走道上大哭，回到家時看到的就是素來不熟的鄰居在安慰著女兒，平常時甚至不曾打過招呼。她記得女兒哭時穿著新買的睡衣，因為哭得太久甚至有點破音的抽著氣，也記得公寓三樓前面的那盞燈舊到開始閃爍，甚至記得自己那天穿的衣服，卻怎麼也記不起他在不在身旁，他在不在？

「那家店已經倒很久了」

嗶嗶聲後女兒傳回訊息，甚至沒打句點。

那片蘭花圃中曾經種了許多不同品種，他從花市、市場各處搬回不同的蘭種送她，有些栽種不易，她只好從書中查合適的肥料、查一切週期作息。於是她到現在都懼怕蘭花，遠遠的在同事家、鄰居家中看到，都好像就已聞到那極淡但清晰的香，「是卡多利亞」她在心裡作答品種，再趕緊站得更遠些。那時她在北屯市場外的郵局上班，整座市場從早上便開始沸騰，來這邊郵局的人就複雜多了。有些人想來這裡開台銀的戶、有些人問怎麼看不到股票行情，那一年郵局為了營收開始自辦保單、基金，大家都不知道可能也猜想不到的是，其實他們這種公務員是很辛勞的，每個月還要有固定的業績。雖然業績與薪水無關，但是她記得很清楚，那時中區的壽險賣得很差，總局就來電罵了中區局長，中區局長就氣得來到北屯郵局罵了局長，局長更氣的叫了局裡新來還沒賣出保單的員工，那員工不知道跟誰生氣於是自己掏錢買了幾張。還好她不用買，因為她是幫各局支援的，不用把業績掛在她身上。

後來更誇張了，政府說希望提高工作績效，每個分局一天要有一定數量的宅配包裹，她便開始接起電話，認識的偏遠分局局長每天都會準時來借一些包裹回去局裡配送，她想一定很多人沒發現明明在北屯寄的信，郵戳最後卻蓋著草屯。那時她上班時穿越市場，下班時穿越黃昏市集，一樣煮好三菜一湯，等不到他回家。

她想他應該像是被借走的那些包裹，現在正被比她更需要他的那些遙遠分局蓋上屬於她們的郵戳吧。

那晚，她回家後跟女兒聊天。

「媽，暑假大學放榜完我可能就要搬出去住了。」

「對啊，但我應該只會填北部的學校。」

「因為同學們都填北部的學校。」

「而且北部的資源也比較豐富，妳問舅舅就知道了，他在那教書。」

她一直聽，沒有打斷也沒有說不好，甚至沒有開始已經覺得孤單，只是有點怕無聊。女兒也猜到她的想法，她還沒講出來就已開口：「妳無聊時可以種種花啊，像張阿姨她還有去學插花，妳應該會喜歡吧，以前家裡種了好多蘭花。」

「好。」她沉穩溫暖的回答。

其實她不喜歡花，開始交往時他喜歡送她玫瑰，過了一陣子送起香水百合（但他說要叫卡薩布蘭加才美），結婚後偶爾送些盆栽栽植的水仙或是茉莉，最後幾年才迷上蘭花。她一直為他試著喜歡花與種花，他收起行李那早，她剛澆完水起身進門，女兒還在寐中。他聲音所以很輕，腳步也輕。

「……」「……」他開口。

其實她已不記得他有沒有說要走了，大概他呢喃的那些話也不重要。

「記得把蘭花帶走。」她只記得她那晨的聲線因剛睡醒還有點薄。

「那是妳最喜歡的，不用這樣。」

她搖頭，「真的不喜歡。」

「不可能不喜歡，妳種了它們好多年，種得那麼好。」

「我對花粉過敏。」

他沒拿走那些花，她只好連土倒進袋子給人收走了。春天時鼻子和呼吸道實在太癢，但她會定時噴醫生開的藥，就不那麼癢了。唯一的副作用是鼻腔內變得異常乾燥，乾得連呼吸時氣流通過摩擦會帶來些灼熱，噴鼻子的藥一直擺在床頭，固定放在化妝水和面紙的中間，她每日睡前醒後也一定會噴些。花走後，她終於不用噴了，只是卻換成睡前鼻咽連著眼的腔室開始灼熱，她覺得哭了可能會好點，但是卻同樣異常的乾燥。她想，應該也只是其他未知事物的副作用。

果然過了一陣子後她就完全好了。

就像她自己說的，校園郵局的人真的很少，所以今天她才會一直想到這些，直到那個中長髮不胖也不瘦租了個郵政信箱常來收信的女生進來，她才回神處理業務。

「寄信一般要貼多少錢的郵票呢？」那女生一邊看著不同款式的郵票邊問。

「看妳是印刷品還是平信，也看地點決定。」她抽出幾款新出的郵票給她，一邊介紹。

「妳喜歡花嗎？我們有新出的蘭花郵票或是牡丹。不喜歡花對不對？沒關係，其實也有哆啦A夢，哆啦A夢更好。」

那女生看著郵票遲遲沒決定。

「不然妳要不要寄掛號？就不用妳貼郵票了。」

「好，那我寄限時掛號。」

她幫那女生蓋上郵戳，貼好信封，丟進一旁待收的信籃裡，從夕陽斜射的角度推判快四點了。小支局長跟另個員工討論在校園內應該要推銷儲蓄險比較適合時，她發現自己的名牌掉在地下，不小心踩到了它。她把名牌上灰網格狀的塵土擦掉，再別上自己胸口。

她叫黛玉，不姓林，今天送女兒上學太急忘了擦口紅，從來也不喜歡花。因為過敏的緣故。

十一個耳洞

青春正好，好的是還擁著青春的那些人，她們那時就是。

大城裡估計都有這麼一條街，喧鬧髒亂，某幾棟大樓裡開滿補習班，十幾座電梯運著各色制服上下，而上下間就晃過三年，有人的名字被貼在大樓牆面，有人換了另間補習班再熬上一年。

她踏上的第一年，一切都還新鮮，水利大樓外接著一中街，每到五點下課鐘一打，灰撲撲制服外套的高中少年，帶著少年們微酸的氣味入街。她們年輕時吃的東西極雜，也許因為正緊靠著一攤接一攤的小吃店，從十個五十元的街邊燒賣，到被切得極薄才看起來大片的雞排，甚至她們也不知道從哪裡買來的棺材板、臭豆腐、鐵板麵……全在六點開課時擠進兩百人大教室，教室過大因而中間與後段都另懸掛了電視直播補習班名師的教授。全都在前面講演他們所謂的攻略和祕笈，間中一定要穿雜許多笑話，學生才會說服父母掏錢為他們停在大樓地下的跑車買單。九一一到瑪沙拉蒂，全都是用這一個一個笑話和長年受損的聲帶換來，她記得那個物理名師上課時總對大家說有任何問題都可以下課問他，但下課後多半坐直達電梯開跑車甩尾離開這條街。但沒有人注意，也沒有人會把青春分去注意那個已有點中年微禿的賣笑男人。因為他們，其實是她們，那時有太多事可做，太多時間可以浪費。

也許水利大樓風水甚壞，或只是與她八字不合，補習往往沒有什麼幫助，後來乾脆都不去上課了，反正在一中晃盪分數也盪不去多少。一中街這名字本身也不對，那條最熱鬧的街其實叫育才街，一中街只是台中一中正門前那條，甚至不怎麼熱鬧的街。她們之中她一直是較不起眼的，身高矮一公分，分數永遠差她一點，連罩杯都小她一個。還在國中時，學校總把一到一百名的學生名單列成紅榜，一卷長紅便鋪蓋在中心的穿堂，我總是會以她為方位，往下方再找一些位置便能找到自己，不喜亦不悲，就像為什麼要為公轉自轉的方向爭論一樣，華生也永遠不會問福爾摩斯為什麼自己不是主角。發呆時，我在書本旁的空白處塗鴉，下課時才發現寫的是她的名字。連她的名字都比自己的寫起來好看，我不太喜歡自己的名，亞洲的亞怎麼寫都太過方正，一不小心左右兩個框框便容易不對稱，試卷看起來常常像極尋常小孩的塗鴉。

剛上高中時，第一次踏進一中街，比起很多同學區的人早就把整個一中街分成好幾個勢力結構完全不同，她就常在這差不多一個里大小中錯認巷弄。連在補習班內也維持某種生態結構，一中淡青色制服的會坐落在前區，二中毫無辨認度的白制服總和文華高中一派黑系的緊靠，然後就是她的，比較好的她，深綠制服黑色百褶裙，幾乎和北一女相同的制服。而我在那些之外，錯落穿插在這四色學生之中，穿著相對比較好看的制服卻不具有任何辨識度。常常有在小攤販打工的少男少女問我讀哪，我說我讀附中，附中但不是師大附中，台中也有個附中，在東海裡面，沒有圍牆，禮拜三還是便服日，大家多半驚奇，驚奇完繼續招呼其他客人，我又被擠回四色制服裡，走開。

我們常在那年幻想十年後，十年後應已經工作，應還在彼此身邊，應在同座城市，應可以走進那些看起來相當昂貴的小店……真正的十年後，卻只是一個迴身，迴身向前穿過十年，轉頭看，卻已隔了再怎麼迴身也穿越不了的十年。

是短瞬又悠長的十年。

十年在雙耳留下除了兩個耳洞外，唯剩下九個淡疤，耳針同年歲，也有穿越不了的血肉。

她仍與我一起穿梭，一起配了第一副隱形眼鏡，一起去打第一個耳洞，確切數字是一與二。用免洗一次用材質的打洞器，輕微消毒的耳垂微涼，打下去時的感覺老實說，已經不記得了，但應該是不痛的，痛的只有打耳骨，那耳窩邊小小一圈軟骨肉，它打下去時的聲響我還能在極靜時的夜裡想起，像夢一樣把我驚醒。十年後我在另座城，早已不知道現在的少女少男去哪裡穿耳洞，用什麼器具，就像新聞說的一樣，以後連高中都免試入學，採學區制。那麼只屬於她們的四省中三市中兩私中，都將成為密碼，只有同年代的人共有的一組密碼。就跟那九個疤加兩個耳洞一樣，那就完全的屬於她與我。

我說起她，總是使用「她」這個字，是因為她代表更遙遠的存在，存在著，但比起「妳」更顯得遙遠深邃。那時她當然還是我使用的唯一的「妳」，但如今也只剩下她。而我當然也更不想叫她A、B、C、D、E、F任何字母，正如我不想被任何回憶簡化成一個Y，或N。

耳洞的消失是漸進的，我們的學校都只能用無色耳針，現在幾乎沒見過了，它無前後端就是一個塑料透明的實心細管，穿過耳洞只求不密合起來而已。那麼何必穿呢？其實根本沒想過這些，而像是刺青，染髮或是蹺課種種，就更是不感興趣，只是因為她穿了於是我穿。

一九九七年你在幹麼？當我開始彎起手指算起隔了幾年，那一年已經是凍結的了，凍結也沒什麼不好，我多希望膚質跟平坦的小腹也都停在那時，當然也希望我家附近是有小河田地跟一堆歐巴桑的，但我家附近只有一家便利商店兩家早餐店，在許多人擁有無比燦爛光輝的鄉間童年時，我仍然不會騎腳踏車，生活是學校外的安親班與才藝班。許多年後遇見的其他人，五歲時就不用輔助輪騎著單車還可以雙手放開，可以拿五塊十塊買雜貨店的冰和飲料，他們會說很標準又發音完美的台語，而我十二歲後到便利商店買東西才不會緊張，十五歲學會騎腳踏車。但是那又如何？

一九九七年時你在幹麼。一九九七？還是一九九九？請問你密碼？

一九九七年時我有她，所以對於未得到的鄉村情懷，童年玩伴，甚至沒時間感到自卑，也更不需要感傷。左膝上有一個疤，像條小蠶寶寶一樣，潔白隆起，按壓時已沒有任何感覺，可能只剩一些痠麻。那一年尾，她總騎車載我回家，我們在校門外幾十公尺處會合，學校仍禁止單車雙載的年代，回家的路線總是迂迴但充滿彼此，那段上坡在到我家之前，大部分時候我會下車讓妳騎上去，我用走的跟上，有時候我們會一鼓作氣衝上坡頂，然後我們都雙手雙腳張開成飛翔狀，順坡而下。人類不是不宜飛翔，是無法飛翔，那一次下坡時我恍神看她透汗的淡色襯衫，忘了陪她一起飛，便從坡頂開始摔落，我背著兩個書包減緩了衝撞只摔破了整個左膝，她從旁邊爬起時，全身連灰塵都沒有。只在十秒後從下巴兩個潔白的微彎弧度間流出血來，甚至沒有傷痕，只看到一條細縫，縫中看似無底，血止不住了。她綠色的襯衫染到鮮血，只是成為更深的綠接近黑色，我們只在流血的衝擊中無言，各自回家。那晚她打來，電話裡是並不易察覺的哭聲，我把租來的VHS影帶按停，畫面是楊恭如在港劇《雪花神劍》裡流淚，她確實有點像楊恭如。在記憶裡我已經可以把她當年的樣貌轉換成大人，應該是像楊恭如，但更像她自己。電話裡她哭著說，說她很難過，縫了五針，會不會毀容了？我說不會也知道不會，即使是她多了傷疤也依然比我好一些，最多與我一樣。

那晚我洗澡時，想到《雪花神劍》裡楊恭如有個失散多年的妹妹，比她矮些黑些但是比她幸福，我卻仍然還是在沖頭上泡沫時想起楊恭如的臉，我還是比較想當梅絳雪，即使不幸福。

飛翔失敗留下的傷我沒理會過它，甚至連消毒或拿水沖乾淨都沒有，但它仍然只是留下一個像我養過的蠶一樣形狀的疤，應該也會像它一樣停止在成蛹期再沒有化蝶。

有幾任男朋友在耳邊纏綿吸舔時，總會注意到淡褐色的耳洞疤，既不對稱也大小不一，其實一點都不美。我身體四肢上所有的疤痕都多少與她有關，那時我們一個月打一次耳洞，也不為紀念什麼，她說就是我們又一起打了另一個耳洞，男友說一二三四五六七，八，九……是九個舊耳洞。耳洞不能分新舊的吧，只是暫停使用。有一次剛穿一個月的耳洞掉了耳針，好幾天都沒發現，發現時已經長了一層薄薄的痂，我只是把它摳掉，拿一個新的重新插進去，可能插歪了開始流血，從耳後照鏡子看出來的孔和原本穿的位置完全不同。發炎了一個多月，但我不想拔下來，拔下來就失去了它。我不想失去她。

我和她擁有相同的之前卻沒有之後，耳洞癢時想起她，就像風濕一樣，長年積累的病症。在一九九九年最後一天，接到她最後一次電話，電視裡跨年節目的歌手現在多半不見了。有許多事情比起學測聯考放榜更加重要，讓那一年不太輕易過去。無印良品解散了，現在的人提到無印良品大概都是去買文具，滾石上華ＥＭＩ歌手們離開後都不再回來，許美靜唱完〈邊界一九九九〉後，在二〇〇二年住進了精神病院，差不多同年連張惠妹都開始賣不到百萬張唱片，我電話卻響了。

接起後她說，她是這世紀第一個說愛我的人。不帶慾望，透明懸浮的愛。笑的時候有點雜音，電話裡總是聽得到不知道和哪裡搭錯線別人的對話，最常聽到是某個大叔，好像是水電行之類的，隱約拼湊只能得出，他生意很好，晚上十點時還會接到修洗手台水管的電話。那時耳洞還剩四個，可能太多耳針像天線一樣會接收到其他訊號。

打耳洞前，我們會去那間街中賣烙餅的店各買一份加蛋加起士，一份三十元，再一起坐在大樓附近花圃邊的台面上，也許去大眾或玫瑰唱片裡試聽每一片新出的ＣＤ。多年後，開始寫論文時學會了挑關鍵字，那時喜歡的歌詞大約可歸結為：都市，荒涼，煙這幾個關鍵字，可奇怪的是，我們那時甚至不曾真正認識都市，更別說荒涼了，根本不知道荒涼到底會不會涼。更早時，我們交換的是卡帶，當她想要我聽哪首歌時，都會先倒帶到開始前幾秒，在調前點與調後點時來回按倒帶與播放。於是聽歌時都格外珍重每個零點一秒，這幾秒都留著餘溫。

好像是在可以直接選按CD歌曲曲目時，耳洞闔上，隧道關閉，但還留有聲響。第一個耳洞消失時，她戀愛了，沒多久我也跟著戀愛，所有的第一次都是跳接式的，像是畫面和氣味都混雜著，我不知道她的畫面，但絕對記得第一次接吻和上床。吻是鹹的，濕，然後便沒了。其實接吻本身真的沒什麼感覺，小舌與舌尖，或是極深的完整的舌，大多時候帶有牙膏味，牙膏味總比其他味道好，雖然我真的也沒有很喜歡高露潔或黑人牙膏。我有時候會幻想她的舌頭是什麼味道，因為她很喜歡喝綠茶，應該是澀澀的，會澀到在舌兩邊微麻，想到時牙齒也跟著微苦。便再也沒想下去。

但要接著說的是第一次，第一次被吻後，第一次被觸碰揉捏乳房，在真正做愛之前幻想的是一種刺入感，把穿耳洞的感覺轉移到下面，大約就是類似的感覺，我想。第一次被進入身體，卻一點刺入感都沒有，只有腫脹的感覺，脹滿然後不怎麼痛，就結束了。或許，我們都找到了別的戳刺作為生活的紀念，不再相約穿洞，最上面耳洞的耳針在睡時掉了，等我換床單發現耳針時，耳洞早已經從傷口癒合。不知道她當時還留有幾個耳洞？電話的雜音或許是因為中華電信的線路不斷改良，也不再出現。

那天在YouTube上搜尋一九九九，看到入圍金曲獎的新人被張小燕一個個點名上台各唱了一段，陳綺貞被唸成了陳雞胗，還有長得像伍佰的女歌手，跟吸毒酒駕前的林曉培。我寫在從那時開始的十一個耳洞後，它們一個一個像隧道崩解，崩解並不是一下子就全部傾洩的，是從某一個小段落開始有一些落石，我把它們像痂一樣摳掉了，如果忍住不摳，可能就不會留下疤痕，就像如果忍住不寫，就也不會留下疤痕。

但為什麼要忍住不摳呢？

既然還沒吻過她或成為新世紀第一個說愛她的人，當然也不會知道那時如果在她喝完綠茶後吻她的感覺是什麼，可能我的雙耳就沒有位置給新的耳洞也沒有辦法寫完這篇文章。但我真正想說的是，想到她時，我已經忘記該跟她說些什麼了。

也許我會好好的唱一首歌給她。二〇〇〇年以後的。

潔的

他們是妳所生，血肉體液髮膚的共同造物主，就像亞當夏娃在失樂園外的生活從未被提及、流傳，他們早被逐出妳的樂園，更細微的說是我與妳的，他們在這之外，無須被書寫流傳。我總習慣叫妳Jade，妳不甚標準的學語總說成「潔的」，是，窗外所有的鳳凰花都屬於妳的、潔的，雖然它們謝了，但仍然是妳的。妳跟著看向窗外學我說謝了謝了，秋天時，淡青綠的薄棉連身衣下妳更瘦了。

對，謝了謝了。

那一年民生路舊宅的灌木叢和後院不到一人高的圍牆對我而言便是全世界，世界也等同於妳的身高，而妳牽著我逛的整條中華路夜市便像一條長而璀亮的獵戶座腰帶，但不繫在銀河之中，而是全在妳身後。後院牆上的九重葛從鄰戶無人的廚房攀附過來，所有妳不喜愛驚懼的事物都在牆後，而我恍惚懵懂間竟也明白妳的不安。那片牆後無人居的空房，總因為木窗或木門的老舊被夜風颳出聲響，夜裡的聲響總無影多端，颳出混合了吹狗螺、貓叫春或女鬼哭泣聲外一切不可能聲音的總和，在黑夜中聲音似帶著身影。妳夜裡低聲哄我說不怕不怕，用妳純淨到不需要計算音準的嗓音哼著沒有意義的歌詞，我在黑暗中總忘情跟妳唱著，一直到很大很大時才知道我們都是音癡，那些妳我哼過的歌無人解讀得出。但我們仍在冬夜月光稀微、季風正強時從九點多唱到妳或我開始沙啞破音，即使如此妳的歌聲仍然穿透那些年，成為比王菲、江蕙、黃小琥更實力派的歌手。妳潔淨的歌聲，若有顏色也不會是白色，是黑夜星塵微亮的顏色，只比微塵大不了多少的光，那些光芒直到現在一閉眼仍會在眼皮下跳動，所以即使閉眼我仍想像得到妳。

妳卻接著說，謝了謝了。

妳的牆曾幾何時也變成了我的？牆雖低矮我卻有好幾年的時光都搆不到邊，在微微可以踮腳看見隔戶破落門窗時，卻無意偷窺見了妳的夢魘越牆而來。那時，妳的白髮雖然需要經年的染黑，但仍不斷在日間夢裡生長而出，妳常抱怨又在一夜之間長出了太多新生白髮，為什麼年近六十了生長力卻如此旺盛，就跟妳躲在牆後不曾間斷的戀人一樣，旺盛茂密，卻不可能再回到不需修整遮掩的最初。妳雖然疑懼夜裡牆後藏著的一切可能，但白日裡卻穿梭其中。午後偶爾從寐中起，在九重葛層層茂密的葉影之中粗黑、毛髮旺盛或稀疏的一雙雙手穿過妳的身體我的眼，我開始離圍牆遠遠的，那一雙雙手卻在夢中找尋到我。女童白皙嬌小的四肢被纏繞包裹，或坐或站中女童閉氣承接搔癢和刺痛，長大後她習慣閉氣做一切事情，跑步時閉氣、考試時閉氣、接吻與擁抱時也一定閉氣，肺偶爾會微微的悶脹著，但她只要大口換氣就沒事了，比起換氣更難的是忽略胳臂下男人熱汗的手，於是她學會了在陸地上閉氣和換氣，才終於游過了那一段段冗長的夢和無盡蔓延的牆。

那一年民生路頭到路尾都聽得見妳的笑聲，妳一手隨意夾著菸在門口等我幼稚園娃娃車回來的身影，是整條街最美的風景。醫院在民生路後的舊大樓裡，應該是全台中市最舊的地區醫院了，電梯裡漫著酒精和來來去去人們的味道，人們提著各式吃食進入，八台銀灰無溫的巨型電梯播放著各聲道上樓下樓語音。

我知道妳愛著他，即使他總是輸錢，最後輸了全家、輸了自己所有剩餘的時光，輸了所有清醒記憶，他仍在機台間穿梭，電子音符喧譁整晚，只有他自己的眼神逐漸灰白蒼老，但仍然沒有人發現，因他六十歲仍不長一根白髮，因他總一個人來去。但妳仍深愛著他，就像妳也愛著我一樣。我幫妳轉到中視，妳開始發出呼嚕呼嚕的聲音，是連咳嗽都無力時的吸氣聲，可以聽見痰在妳氣管與喉嚨間流動，但不影響妳說起他的名字。每一次抽痰時妳身體流出腥黃濃黑的體液，護士們對疼痛和死亡漫不經心，她們一邊抽痰一邊討論鼎王麻辣鍋多難訂位，下班後再一起去吃。妳以前也愛麻辣鍋，妳說四川的辣鍋多過癮，要圍著一條深棗紅的圍裙，汕頭鍋的白鐵爐中煨著木炭，冷辣冷辣，這是妳的語言。現在妳不能吸菸當然也不能吃辣，其實是任何東西都無法吃的。眼看著引流管吸到底了，那些濃稠的體液一袋袋被收起，妳卻把眼光投向厚而透灰的玻璃窗外，鼻腔周圍全都是深紅的痂又一次被導管掀開，妳眼卻不眨的看著他方，我知道妳不痛，可能聞到了辣鍋的花椒香氣，因為疼痛應該也帶著些許辣味，我如此相信。

民生路的廚房是記憶中最接近完美的地方，它相當陳舊，石砌的牆偶有不平整的突出，常常經過時不小心擦傷腿或腰（視身高增長而定），但童年時灶火幾不曾熄過，那時我三天便一小病，支氣管、肺到胃無一處是好的，妳煨粥煨上整天，把所有肉末都燉得糜爛糜爛，微粉的熱氣在石灰廚房裡薰著，妳習慣幫我把所有菜式都燉煮的更軟爛，其他人回家時多半只能吃到妳早早煮好已放涼的飯菜，用可收張的白色紗罩罩著，靜靜擱在桌上。而妳則在廚房把蒸肉裡加上更多蛋或干貝，全都是用妳的私房錢買的，與全家的菜錢分開計算，妳都在夜晚裡偷偷跟我說這些，早已與老邁丈夫分房的妳夜裡緊緊抱著我身軀。我習慣緊緊貼在妳軟而溫熱的胸前，妳胸前那條長而深邃的細縫中雖有汗味但卻綿而神祕，我那時不解妳身體為何擁有與我不相同的事物，而深深著迷於窩在它之上，即使到了今日我的身軀依然清淡無縫，仍不為人知曉的迷戀所有可見與不可見的胸前深縫。

但我卻不知道是因為妳的緣故或是我自己天生的渴求。

妳瘦到胸前豐滿白皙都已只剩微微隆起，像小小的瓜果垂在兩側，因為太多管線在妳身上穿過，所以妳只能穿著無領的、低領的罩衫，每一次擦身或換線時，它們便被輕易的掀開檢視，我不能無視妳因冷而突起的乳尖，妳這時候總會發出比平常更大的聲響，或說是掙扎。雖然護士們並無法感覺出妳那只多出一兩分貝的呻吟，但我確知無誤。我微微背過身幫妳拉起簾子，妳不忍給我看我便不看，但只要我輕閉雙眼，舊日裡，妳帶著乳汗香緊實的聳立的胸線便清晰浮現。只有那時妳的呻吟聲才開始微弱些。

我愛妳，與妳愛我相同，是唯一確知的、恆常的一件事。家中常有人回來探望妳與妳夫，但在我們的世界裡，只像深夜圍牆後的細碎噪音般，哄然一聲便又散去。大半的時間裡，我們一起轉著無意義的電視節目，妳聽我講更無意義的童語，我則最常坐在妳膝上看妳與舊時的好友們打起麻將，妳們都相像，塗豔紅的唇膏和舶來香水，去同家髮型屋吹高聳的瀏海。但妳就是比別人都對了一分，妳吸吐的菸圈和瀏海的角度都比其他人小巧、唯美一點，只那麼一點，便足以讓我在妳膝上驕傲的坐著。只有打麻將時妳才會說髒話，說髒話不好嗎，他從不說髒話卻比妳更髒，妳叫我不要這麼說他，因他是我父親，妳兒。

但他早已不在我們之中，妳透過生育他擁有我，他在把我帶到妳身邊後，也確確實實消失了。妳總抱怨身邊所有男人，只要活著的男人，都試圖盡一切力逃離妳身邊，逃離家。幼時我不懂妳的關鍵詞，長大後的我才體認關鍵是活著，只要是活著，他們都習慣走。走不動時回家，就終將休息到死那天，所以妳當然能抱怨，在妳也活著的每一天都可以抱怨的。也許他們不適合在家久坐與躺，他們腿間生長的軟肉，讓他們無法像我們一般長時間交叉或是盤繞雙腿，而更適合站立行走，即使在床上也仍試圖找尋溫暖濕潤的棲身之處，否則無處不自在。

像蛇一樣，只在冬眠或死時真正尋覓家園之境。

立冬那天，開始下起大雨，是沒有邊際且無任何雷電聲響的一場綿延雨，妳隔床是約莫五、六十歲的糖尿病患，因糖尿病的緣故已失去右腳兩隻腳趾。那兩隻正與妳丈夫失去兩隻腳趾所在相同，隔著病床的拉簾，我知妳總用盡雙眼的餘力偷瞄他，帶著閃避與警覺的眼神。因那年他還在時總要妳天微亮時便清理尿盆，妳從不知道他深夜時哪來的力氣與精神排泄出這麼多的尿溺，我如今也依然記得那尿盆的形色，妳無聲入房半跪在床邊探手抓過尿盆時，總會見到他左腳僅餘的三指，那三指似道指令，即使妳已年老半癱，仍無意識的壓迫著妳。入冬那天，隔床那男子看起來更老了，與同樣已五、六十歲的父親相比，那男子所有的關節與嘴都歪斜，膚色中透著青黑，只剩瞳仁會隨著經過的每一個人打轉，打轉的速度卻奇快，並且清晰極了。那天從早開始他的一切指數開始下降，儀器的警告音響了一上午後，護士走入將它切換到微響模式，生命也進入微響，嗶聲由強漸弱，從十響變數不清響聲後，我想倒數應當即要歸零，於是把青色簾布拉起，妳不再需要看到這三隻腳趾又被推出妳的房間。

入冬那晚，妳隔床已無人，我悄悄暫躺到上面，不怕晦氣，因妳在鄰床與我同睡。看妳淺淺的呼吸起伏，於是睡前，我開始哼一段接一段不全不美的旋律。

已經沒有將謝未謝的任何花葉，只剩黑板樹夜裡發出的刺鼻氣息，記得年少時黑板樹的氣味不曾像這幾年這麼濃烈，我坐在父親肩上爬到黑板樹最低枝節那年，他甫轉身抽菸，便被鄰居吆喝過去抽第二第三第四支菸，我不吵不鬧的坐在樹上，即使這麼靠近黑板樹時，仍只聞到些許腥刺的樹味，黃昏時妳伸高雙手把我從樹上接下，父親才恍然回頭看見了我，誰叫妳不吵不鬧。誰叫我不吵不鬧，誰叫他生了我，誰叫妳生了他？

那氣味濃烈，後來才知道是黑板樹開花時才會發出，我卻從未注意過黑板樹是否有花，那麼至少花不是謝完，只是未開，我轉頭對妳說要開花了喔。妳卻從氣管發出不成句的回話，但我依然聽得很清，因整個秋天妳都只學我說著那句，謝了謝了。

對，謝了謝了。

藍精靈

台中應該是沒有都市更新計畫的吧？我還特地上網google了，的確是沒有的，即使沒有，它仍然被拆了，沒有預兆跟通知，那天我經過民生路時，剛好看到舊家成為工地，殘瓦還沒完全成灰，怪手仍在一旁開著，連那年仰望著比天際還高的鳳凰樹都一併鏟平了。

但我仍然沒有停下來，只是在路邊用手機拍了一張相片，便騎車過街買一杯檸檬綠喝。

檸檬綠半糖少冰，在騎車繼續過了許多街道後，我卻忽然想到了藍精靈，再回頭時卻連怪手揚起的塵土都見不到了。彷佛是想到了藍精靈，我才真正意識到舊宅的崩毀，那年我們在舊宅裡分食的各式吃食，民生路街上黃湯炊成的大麵粳，豐仁冰上深咖啡色的甜豆，和小時候大餅上微甜的白色粉塵，全都被藍精靈散發出的微光蓋去了，我真正停下機車，才發現民生路原來一直都是單行道，在機車上的我無法調頭回去舊宅探看。

也再不能知曉藍精靈與當時赤足過街的兩個女孩，還在不在？

藍精靈住在舊宅邊的小巷，就在豐仁冰旁的那條只容一人通過的窄巷弄裡，我與表妹那時常常猜測藍精靈的真實樣貌，她相信藍精靈是個有白鬍子並且不高的老人，我卻只想到某部迪士尼卡通，對那時的她來說，更重要的是藍精靈是個好人。我卻從不覺得它是個好人，好人不會住在陽光晒不進的窄巷裡，連郵差都只將信件放在前幾戶人家的地上，其餘人家連門牌都沒有。好人也不會不在白天裡出現，甚至只是讓小女孩想到它就哭了。

我深信藍精靈不是好人，還住在那時，偶爾在極深的夜我似乎聽見她推開房門，嘆口氣的聲響，分明是女人的聲音。想像中的她帶著藍色微光，長相卻與我無異，或是我與她無異？多年後的我在某天照鏡子時發現，自己竟長成了她在我夢境中的模樣，不高的鼻梁、雙眼皮、厚唇和一雙不透明的眼，或許一樣長成了一個不好的人。

藍精靈會在夜裡傳送電波，從開始懂得失眠後，我每夜都能收聽藍精靈世界的聲響。開始的幾年，她會去十點過後改賣酒的咖啡廳，但她並不特別喜歡那裡，A桌總有讀外文系或是哲學系的男女討論馬奎斯、卡繆、薩伊德，這幾個如果唸快一點就會融成一團，成為再分不清順序的幾個音節。藍精靈當然不在意這些，她無須在意，藍精靈不需要對任何道德與價值負責，不需要拿獎狀或薪水回家，她身處在兩個世界的夾縫之中，夾縫之中已經有她所需的一切了，也從沒有人會逼她選擇，沒有必要選擇。後來的幾年，她去酒吧，酒吧裡不常遇見那些外文系的荒人們，但如果遇見時，她只低頭點一杯shot，回一聲，乾了再說。

那一聲，穿透了相隔無數人群的深夜與街，成為我夜晚裡聽見最多的聲響。

不知道妳是否也曾聽聞過藍精靈的電台，如果有，為何從沒跟我提起？如果沒有，那為什麼妳卻也開始走上她的道路與夜晚？從我們先後搬離那民生路平房的幾年裡，鳳凰樹下恍若長了血根，血根蔓延跟隨妳我，逼使我們擁有民生路上相同的血緣與宿命，成為了一個個不好的人。

妳在加拿大卡加利，距離台灣九千五百多公里，妳在那裡所有的夜及最細微的交談對話，卻比光纖連網更快傳到我耳裡，忘了跟妳說的除了我開始偷偷竊聽藍精靈的一切外，也包含了竊聽妳。

不很多年前，妳還站在逢甲穿麻質白色洋裝，頭髮全往右邊梳起的那畫面，依然輕輕閉眼即可見。那時我們的話語是無時差的，無須刻意聆聽，便全都輕易對我傾洩而出，所以我無法不發現妳從那時開始便想逃，逃離帶著我汗濕穿越過的擁擠夜市巷弄，逃離那些關東煮、茶葉蛋氣味的騷擾。

現在的妳開好幾夜的車，接近極圈，隻身一人到黃刀看了極光。妳在黃刀小鎮邊苦等極光好多日，妳要我猜妳有沒有看到，我說有，妳卻沒再回應。又隔了幾個月我在妳的Facebook上看見妳上傳的新影片，左手不穩的拿著手機，一邊自拍一邊轉播留著鬍鬚微微法國腔的加拿大白人為妳刺青。妳說妳刺的是一種護身圖騰，叫Hamsa來自中東，我在不清晰的螢幕裡看到一個多角不規則的塗鴉壓在妳的右手腕，也許壓的太重了，妳的血色筋脈微微浮出，畫面中的妳一邊搖晃一邊說著幾句髒話，這時我才驚覺妳逃離的太遠了。

也許妳早已經忘了寶寶，但我卻忘不了，在妳徹夜不眠與異國男子交換心情與身體時，聲音喧鬧整晚，但記憶仍然可以無聲的播放。妳蹲坐馬桶的那夜，寂靜無聲，我在門後等妳，妳說那種痛就像經痛時再狠狠的掐揉子宮一樣，但非痛不可，妳按下沖水按鈕時我想妳不曾回頭查看，只抓住門把向前奔出，奔出血紅色的那晚，奔向卡加利。我在妳的未來與過去間察覺到妳開始藍精靈化，但是沒有人可以阻止任何人變成藍精靈，因為這是蟄伏在血緣與家族裡，上天給予的。

最多只能選擇逃避，或是隱藏。

就像我一直相信我逃得了，在妳開始轉變的前幾年，我認真的試圖成為一個更好的人。轉去更遠的學校，認識更乖的人們，不去任何出現菸或酒的場合，甚至開始拒吸二手菸與捐錢給動物保育協會。但藍精靈若看到，一定會告訴我這樣是沒有用的，這些都不能代表妳已經是一個好人，即使所有人都這樣看妳，也不代表妳是這樣的人。我常常聽到她在夜的那頭對其他人輕笑，她一笑我便忍不住憋氣，害怕她開始對我說話，說嘿，其實她知道我是怎樣的人。

我害怕她說出來，說出來其實我擁有一顆醜陋的心，說出來我再也不接琬的電話是因為我嫉妒她上了女中，而我沒有。說出來我會躺在學長的床上，只因為嫉妒他女友笑起來有淺淺的梨渦，而我沒有。說出多少次母親在房內壓抑不了哭聲從門縫傾洩的夜晚，我還是無聲的倒杯柳橙汁，回房。最怕她說出我從來都帶著微笑假裝忘記這些事情，說出來我嫉妒妳，因妳逃離了過去，逃到離民生路與我的日夜都顛倒的極北之地，而我仍在這裡徹夜傾聽……

妳與藍精靈。

徹夜失眠作很長很長的夢，夢境往往很真實，我夢見妳告訴我其實妳早已經看穿，早在年幼時便看穿我對道德的冷眼淡漠。那是還在老家的夏日下午，所有的孩童被聚集在房間內玩，妳躺在床上與大家閒聊，我卻無視般的從妳肚子踩下，在慌亂和我的道歉聲中妳說妳抬起頭，卻看見我眼神裡沒有光亮沒有溫度，那時妳便知道我是另一種人，至於是什麼樣的人妳還年幼，無力感知。夢裡的妳說若沒有看到那一眼，便不會與我最親近，也是看了那一眼後妳才發現自己很痛，開始流出濃黑的鼻血，再無法止住。

我害怕我自己亦是另一隻藍精靈，害怕發現自己其實一點都不抱歉，對於笑起來有梨渦的女孩、對於妳及母親都不曾感覺過抱歉，甚至最終也不再抱歉自己成為了這樣的人。

那天我把在民生路上手機拍的相片傳給了妳，app上顯示為已讀取，卻沒有收到回覆，或許是因為少了鳳凰樹和豐仁冰店的那條街，不再是記憶中的街景，如果妳能把它當作尋常無聊的生活圖片看完略過，我也替妳感到幸福。就像如果妳真的忘記了寶寶無父無家無形體的存在過，確實是無比幸福的。妳在極北之地過藍精靈的夜，我在民生路北邊幾條街外過她的白日，白日的她無聲，於是我微笑隱匿在人群中。

就在顯示妳讀取了訊息的那晚，雨聲中我聽見喀擦聲，就像話筒忽然被人掛上，或按下結束通話的聲音。

喀擦聲後夜只剩下雨聲，我忽然驚覺那是線路被切斷的聲音，也許是那時拍下照片的快門聲傳到了藍精靈耳裡，她便一直在聽，發現了我（或者我們）長年的收聽，便喀一聲的切斷了線路。不論如何，我前所未有的感覺到與藍精靈和妳的剝離，這麼多年後我第一次聽見雨聲，我是說，只聽見雨聲。

或許藍精靈終於喘了口氣，不再需要住在民生路低矮的灰色平房中，也不需要當兩個女孩夜裡的藍色精靈。她終於可以搬出舊市區，或許住進中港路上的高樓邊種花邊練習瑜伽，或許從此不再當藍精靈，最多只准別人叫她藍小姐。藍小姐已經不是shot可以一杯接著一杯乾下的年紀了，當最後一車殘瓦被載走時，那些都與她無關了。我猜藍精靈或許也變成了別的東西，像是人或是無色的精靈，我是說或許，因我再無法收聽。

收到妳寄來的明信片已經是冬天的事了，明信片上印著極光，極光是水晶白，水晶白孵著透明藍，我猜想是妳去黃刀時照的，因為微微的曝了點光，讓極光最外圈全都是大大小小的星芒。妳說那裡的白天太長，幾乎到下班回家休息閉眼前都還是白色的光影，我閉上眼把明信片貼在眼前，深深的吸了口氣，才繼續讀下去。

北國的夜除了太短，在聞了太多異國人身上濃重的香氣與體味後，妳說開始想念家鄉與寶寶，寶寶之父是妳的初戀情人，你們在一起的那些年裡親吻與擁抱都是拙劣的，但是真實。妳說你們從沒有真正的，我應該知道的，真正的，進去，但是妳卻還是擁有過了寶寶。那時妳說夜裡聽到陌生女人告訴妳可以逃，於是妳按下沖水按鈕時就告訴自己不再回來了，不再回到血味瀰漫的感情中，但現在才發現，它至少比廉價古龍水真心。妳現在才開始思念，在打開過往照片的圖集時，妳發現容貌其實並沒有多大改變，只有眼神變得遙遠但似曾相識，妳說即使多少悠遠的時光隔著，仍能一眼發現那是五歲的我看見妳流出鼻血時的眼神。

那是深夜鬼神與精靈出沒時瞥見凡人的神態，那是我們。

也許只要是出沒在夜裡的都是鬼吧，誰能在夜色中分辨出神靈與人鬼，我知道那在夜裡叫妳逃開的女聲出自誰，她是藍精靈，但也許妳覺得她是天使或魔鬼。妳說離開時因為發現自己承受不了太多愛，給人的與被給的，離開後好多年，夜晚越來越短，妳卻又發現想家的原因除了家鄉比這裡白天還熱鬧的夜晚，也因為需要愛。妳看相片上的我們開始重疊，妳說那時叫妳逃離的聲音必定是天使，因為若不是妳的離開與沉溺，妳始終看不懂我們的眼神下藏著什麼。

妳卻不說是藏著什麼，我開啟所有的相片拉近放大我的雙眼，但仍然看不見底下事物，我開始試圖習慣新的夜與新的妳，在夜裡等待雨聲背後傳來熟悉的女聲，或是妳刺青時嗡嗡的下針聲。許多許多年後，我第一次擁有只剩自己的夜，終於開始作短暫卻美麗的夢，不再汗濕驚醒。有那麼一次，我確定夢見黃刀鎮上的極光，極光下卻在雪地開出一棵鳳凰木，碩大繁茂，有七彩葉片與花。

五歲的我牽著妳赤腳跑過樹下，那畫面裡沒有藍精靈沒有寶寶或任何聲響，我們聽不見沖水馬桶當然也聽不見母親房裡壓抑的哭聲，只有立在雪地上的七彩鳳凰木。極光穿過樹與葉再接著穿透我們，夢裡我們在極光中懸浮。

極光是水晶白，水晶白孵著透明藍，那時的我們沒有色彩，在夢裡我開始相信，相信原來我們都還是精靈。

輯二

記憶迷藏

我來聽她的演唱會

第一場演唱會，二〇〇九年，南港展覽館外繞幾十圈的人龍，我留著此後經年不再的長髮，嬰兒肥未褪臉頰。記得我穿著白藍相間的棉洋裝，那時剛剛讀完邱妙津、七等生、郭松棻、陳映真，年代雜遝的各方作家，那時的我們還沒握好筆，但已開始寫。

就像我還沒確知方向，卻已開始愛。

二〇一一王菲巡唱

畫面轉灰，灰後閃爍。二〇一一年，王菲在小巨蛋的演唱會。至今我經常還是有自己真的在場嗎的疑惑，因為往後的幾年，很多個跟夢一樣迷離、像吃了安眠藥般微暈的夜裡，我再三回去。但我應該是真實去過的，那是我生日前夕，而座位前後無一認識的人，所有曲目順序跟三界造景，成為我夢的主題曲。天幕般的曇花碩大盛開，佛經裡、小說中如野草般旺開的彼岸花在投影牆上血紅，開了又謝，她出場，唱出「零下十度寒冷的街」後，我便入夢。

演唱會一朵朵綻放。

在一顆舒朗必寧後，我想起不算演唱會的第一場演唱會，是台中一中後略微陳舊的文英館。座標定位，二〇〇三。出場人物，有你我和他們，高中學生唱著半場五月天，一些艾薇兒、一些伍佰。

那一天或許是我第一次看演唱會，台上的好友她指尖帶繭，扶著白色鏡面拋光的bass，黑色短裙下極細的腿還是那年紀的羞澀。不像十年後，我們自然熟練的交換腿姿，膚白下靛青血管交錯，交錯中習慣於異性的視線追尋。那一天，我在台下聽她的演唱會，你們走進，你在其中，也走到了我面前。

那時我就覺得，你走得太前面了，但你搖頭說沒有，然後開始一年一年不隨座標回顧，走進我的前後、我的所有與我。

十六歲時總想生活就這樣幻滅，但現在的我在街頭習慣自己的渺小平凡，在行進間習得新技能，直到終於熟練再三定位座標後，我想告訴你們。不要再待在以前了，因為所有的人都要跟我去聽一場演唱會。

在回想起我的第一場演唱會之前，我們所有人都應該聽一場王菲演唱會，這世界上所有人都應該要。

前往的路上，有些旅途一定要注意的事項必須跟你們說明。這一路的天空微微發熱，卻不會發亮，千萬不要伸出手摸它，它真的是炙熱的，與天神的鮮血一樣。請你們留在座位上，那個染著亞麻綠髮色的女孩，妳也必須坐下。

二〇一一年，就藏在演唱會那巨大花型布幕裡。我在所有人入座的身影間看到亞麻綠頭髮的女孩。關於綠髮女孩，座標人物定位，我在十八歲那年找到她。入學典禮時她留著一邊短到耳上、一邊及肩的亞麻綠短髮，在肩與肩並排中，所有人都以餘光看過她，我轉身與她對談，於是把一部分的我和她都留在了那年。後來我一直叫她小周，她不姓周。因她像極電影《蘇州河》裡嗓音也帶著亞麻色的牡丹、或曾熬夜看完的電視劇《大明宮詞》，清靈到帶著妖氣的少女太平公主（也是少女周迅）。請原諒我不索驥出那年是何年了，周迅從唐朝走出、穿上套裝為香奈兒代言、少女凋謝。

演唱會開始了，所有座標設定完成，你們現在不需要說話，你們在很後來的時間裡會真實擁有與對方說話的能力，那之後你們說了好久的時間，差一點耽誤到了現在。如果你們在這時說話，也許就破壞了誰的這場演唱會，這可能是某個人的第一場演唱會，我們必須慎重崇敬任何人的第一場演唱會。

王菲終於唱完「零下十度寒冷的街，害怕告別吻出眼眶的淚，糾結」這一句。氣音全收，只留弦聲追逐。場地內所有的花景應要在此處盛開。在這一句，全、體、開、放。

人們聽完後入座，深深入座，結束進場時間。沒有人再起身走動，我陪你們一起聽演唱會。這時空的收訊有點不好，小周在曲目六時轉頭提問，尾音波折，問起「為什麼我沒有聽過王菲這首歌呢？」她穿著入學時的夏季洋裝，在一月台北透著冰涼的風中顫。

因為這首歌在二〇〇三年才寫完，後來的維基百科寫著「於二〇〇三年十一月七日發行，很有可能是王菲最後一張專輯」的這張專輯裡，離現在已有十年，仍然成立，有些話最怕一語成讖。我卻不能回答她這個問題。

我只是想聽一場演唱會。

座標移位，小周在十八歲後，撲跌翻撞走向別鄉。不到十年，我只能大概想像她長成更蒼白但開始笑著的女人、黑棕長髮。曲目到十二，場內四季造景走到冬天。我開始與小周告別，把她留在這場演唱會。留下來的人都是幸運的，獲得了重新開始的能力，於是從這一年開始、她在一個全新的時空裡生活，但我們卻全都要離去、回去。

我帶著你們穿過血紅灼熱的天，穿過夢、穿過自己與所有時間，躲在這些背後的我終於真正看見你們。

終於得到第一個印記加身，第一句：「妳很勇敢。」

一九九九 Live forever

城市起風的時候，我都會聞到海的味道，海在鼻裡與風裡，海是童年台中港假日比捕獲蝦蟹多的人潮。讓我們再看回十六歲的破滅，每個人在那年以不同形、狀破滅，聯考取消學測出場，十六歲挪前一些些的國中夏天，座標人物定位，有個女孩叫Ariel。每個女孩都曾經懷疑自己愛上另一個女孩，她就是我的那一個。

十年後，我們來到同一個城市工作與念書，除了我，猜想她也終於接受自己是一個平凡的人。國中時少女們遺世獨立、少女們個個都相信自己不同，在髮禁年代裡為著耳上耳下的幾公分仔細梳理，我還能記得。

甚至記得，那一盞旋轉不休的電扇。

那時，什麼文字與音符我聽過就記得，奇異的相信自己是不平凡的，奇異的記得中午午休時那轉動不歇的舊式吊扇，是會發出迷離聲響的節拍器。讓我能在心裡歌唱而不走調。而我開始學會在心裡歌唱，是一九九二年。

一九九二的〈新鴛鴦蝴蝶夢〉，我在不知讀了幾年的幼稚園，每一日下課的娃娃車裡擠到後座，偷偷打開夾式開關的氣窗，對窗外開始唱著昨日像那東流水，每次唱到愛情兩個字好辛苦時苦字總要拖得較長，縱然我並不明白愛情到底是哪兩個字，卻也把這首歌唱成了我的主題曲。

每次我唱完會輕輕將氣窗關上，轉身正坐，相信自己偷偷的把歌聲留在窗外，相信自己不太平凡，卻說不出是哪裡不平凡。就是覺得自己擁有了整個宇宙最美好的聲音與事物，像《MIB星際戰警》裡被別在貓頸的銀河系，那一顆以無可名狀隱約閃爍的銀藍彈珠，微小的銀河光亮，縷帶粲然。

後來的成長卻成為了銀河的崩解，除了被嘲笑的主題曲時間，還明白了我們都如此平凡。我在那年遇見了Ariel，在十幾歲每日都像溽夏的青春期，用長談一兩個小時的電話撿起一塊塊的自我，交換陳奕迅尚未大紅時的CD，發現她與孫燕姿側面的相像。

但十年後的台北，比青春期更難忍受的夏天，我們同居，各自上班、各自戀愛，在Ariel身上卻再也找不到那年靈魂共震的巨大地動。我們相隔一門，她談著不被他人接受的感情，我愛著不被接受的男人，常常我想坐在床邊問她，對，就是在九二一大地震那年，謝霆鋒一身紅衣皮褲唱著〈謝謝你的愛一九九九〉，就是那年。

那年之後，妳是不是漸漸忘記真正在活著的感覺？因為我是。

這一個回合，我沒有帶她離開任何時間，因我的時間已破碎不堪。

二〇一四「你還在聽英搖嗎？」

你穿著Radiohead樂團的T-shirt，外面是中一中淡青色的襯衫，十六歲般的那種淡青，聞起來有刺鼻樹味，是汗的味道。我走在樂器教室窄小只容一人通過的樓梯，一個扶手轉身下樓，你就在那裡。這是第一次我們看見彼此，然後在那第一場不算演唱會的演唱會，你直直走向我，走得太近了，至今我都走不出你的氣味。

十年不過是幾場演唱會的時間。

我開始寫字與打字，卻始終打不出一段好的愛情。十年中，遇見的所有人都有你的身影，身影後都有著眼淚。眼淚帶來模糊，模糊到我們看錯前路，走向左右。

我終於記起，第一場演唱會是你與我，南港展覽館外繞好幾圈的人龍，對，我留著此後經年不再的長髮，對，嬰兒肥未褪臉頰。更早時的你，側背書包裡放著cd播放器、接著mp3，我在那裡聽見了Oasis、Travis、Suede、Radiohead、Coldplay……也有Snow Patrol、Augustana，我記不清了，但你聽著這些男孩與男人唱著下雨般的歌詞，雨落在我們，雨沒有停。

如果有人問我，為什麼陪我穿過二〇一二世界末日，來到二〇一四的人不是你，我只能問他們，你相信會在十六歲就遇到最愛的人嗎？因為我不信。

我不相信那個擁有一把鋒利寶劍可以比所有人都輕易刺進我靈魂的男孩，我愛他。我也不相信這十年，已經十年。

我一直在寫字。寫一個自私膽怯的人，或許是我，但絕不是你。二〇一二末日剛走，你來我旅居的城市找我，穿著剛買的防寒襪跟登山鞋，帶著兩台相機，但是卻來找我。你原諒了我的背棄，比我更早經歷了勇敢。我只在夜裡與你相見，白天裡沖無數次的澡，在乾燥的暖氣房裡把自己所有身體的水分全部消耗，嗓子乾啞無法言說甚至歌唱。只因為我害怕。是有這樣的人的，害怕深愛。像一組俄羅斯娃娃當你終於拆到它的內心，其他，都成為兩半。

很小的年歲裡，我經常在夜裡許願，對滿天不知名的神佛。

許願有一個人不管發生什麼都不離開我。它成為隱形的許願繩，很多年後還綁在我的手上。它讓我偷偷記下你年輕時吵鬧後離去的形影，一公分都沒有誤差，它讓我撥打的數十通轉到語音的電話，每一個字都清楚深刻，它們讓我不再像小時候只聽一次就能背出課文與歌詞，它們讓我被困在平凡的世界，成為你眼中自私的人。

更讓我再也無法許別的願望，一直到現在的夜裡，許多我愛的人、許多永遠都已崩裂。你離開那座城市時應該帶回了滿滿的照片，但沒有我、都沒有我。是不是因為你再也不能原諒。

十年裡我一直在寫，十年的我們卻已經過去。

你是否還聽著那些不再鮮亮透澈如分明雨滴的樂手們歌唱？南港展覽館的外貌我早已忘記，你淡淡的青春痘印也許也消去了。那個英搖團體的歌聲我當然無法在回憶中聽清，不是每場演唱會都能留在身體、夢裡。

關於現在的你，現在的我。這一年內湖科學園區，你遠遠走來把我的勇敢推向原處的樣子，我沒有看，但那時手機裡剛好播到snow patrol唱的chasing cars，我也不夠勇敢打出歌詞。但是至少可以在這裡說出，這是十年來你唯一在我面前唱完的、完整的一首歌，我只能說到這了。

那一天之後，所有拆成兩半的娃娃不再能拼湊組裝回原樣。我在搖晃的台北公車上忍住所有情感，忽然好想打開氣窗歌唱。昨日像那東流水，離我遠去不可留……愛情兩個字好辛苦，然後苦字要拖得好長。

如果某個時空的我，已經重新開始，住在一座起風時可以聞到海的城市，不再知曉你是否走進別人生活、走得太近。那裡的一九九九年甚至沒有九二一大地震、沒有五月天第一張專輯。我這一次會對未知神佛許願在三十歲前成為一個歌手，開一場演唱會。

我一定去聽她的演唱會，也許結束後跟她一起永遠永遠留在那，在那裡生老病死，不愛也不恨。

你為什麼要怕一個夢呢？

四年前我開始作夢。

四年前我離開那所山上的學校，花了比自己所想將近兩倍的時間還沒完成一篇論文。這段時間是我十八歲後第一次那麼長時間的待在家裡，不分日夜，作起了詭譎狡詐的夢，夢比你所知道的所有可能還有更多可能，有時候我知道它已經不是夢了，但也不是真的，只是不知道那它會是什麼。

真實又是什麼？真實是我每天騎半個小時的車穿過這座城，夏天人中冒出的微微水珠，冬天脫下安全帽靜電成類似貓科動物毛髮的形狀，這些真實切割了日子成為一個個畫面，我說不出來真實究竟是什麼形狀，時間已經無法像舊時間裡那樣的平整了，我其實一直好害怕只有我是這樣。

於是，我嘗試問別人，我問過一個同學。他在打工和學校間來來回回，那天冷氣團來了，下課前他說我們下次再聊，好，於是我們沒有再聊。

那些從小一起長大的朋友們，我還沒問過他們，只是一起喝茶，喝茶的間隔日子裡我總看見他們在打卡和加班的日子間付起貸款、挑起婚紗，假日去吃早午餐，安排不知多久後的特休假，日子連貫而不破碎，他們活在一個長鏡頭的時間裡，我們於是只能一起喝茶。

我還沒問過他們。

但我問過他，他躺在我身邊，夜裡我問他你的時間是什麼形狀，你有開始失去它嗎？他每次都給我一個擁抱，擁抱中我聽到他電腦裡的ＮＢＡ精華，或許我們所能認同最接近失去的時間概念，在從前從前，有一個叫Iverson的球員，曾經我們都以為他可能會比麥可．喬丹、柯比、詹姆斯更厲害，然後卻沒有然後了的那個故事裡。

而日子還是在行進，更年輕的球員跟名字不間斷，如果Iverson可以是一種時間的話，那麼我想它很靠近我看到的，可是他始終不是一種時間。擁抱我的人總是這樣告訴我，他說，寶貝，妳不要想那麼多。

後來我把自己的想法拔起來了，即使是這樣，它仍然在偷偷切割我的時間，不願意讓我看清楚。

生活在畫面裡的我開始做夢，其實我一直都多夢，小學時做過的幾個夢到現在還記得。那一個長長的吊橋，在熱帶雨林裡，吊橋下應該是冒險電影裡最常見的懸崖，每一次做這個夢，我都在往吊橋彼端跑著，每一次會比上次再前進一點，我很喜歡這個夢，總覺得會發生什麼超出夢裡能出現的事情，但是不知道什麼時候開始，我努力想或努力不刻意想，吊橋從未再出現，那飽滿的鮮綠色雨林，一定是發現了我看到了它。

可是這四年來的夢，不是這樣的夢，它是每一天、每一天都出現的，並且是雜亂從不單一的，一個接續一個，在天色未明的床上，讓我用盡每一絲力氣去夢，我醒來夢才睡去。但一開始，每一個人，包括我，都對這樣的生活無感無懼，我的意思是說，你為什麼要怕一個夢？

當然不需要去怕一個夢，那些夢無所謂好與壞，在夢裡沒有好與壞，也當然沒有對錯，就像我一直很想帥氣對其他人說出「這沒有對與錯」的感覺一樣。這些夢像佛經裡只開落在異世的花一般，總充滿著我白日裡想像不到的形狀和語言，這跟潛意識無關，沒有這麼多事都跟潛意識有關。我曾經在一夜夢過一個有名的男模特兒在中式涼亭下等我，我是一個在雨中兜售檳榔的女孩，在夢裡我一天賣不出去一包，他在涼亭躲雨等我，在夢的最後我與他緊緊相擁，可是我從不覺得那模特兒帥，所以夢只是夢。

我已經過了害怕做惡夢的年紀了，已經可以把房間所有的燈關掉都不會害怕，你們知道的，夢怎麼會比黑暗可怕呢，它至少是亮著的。

我唯一懼怕的是一直去夢，一直去夢的日子這四年裡反覆出現，有時長達幾週、幾個月，暫停的日子比經期還短，連午覺都充滿著夢，於是我讓自己熬到白天，希望腦子累到無法製造夢境。但它讓所有的人都來了，舊情人變成新情人、或是公車上充滿著曾經認識卻已忘記名姓的人們，忘記是哪一天，我醒來後發現了第一根白頭髮，在額間。

然後在它的周圍，搔癢感後有了其他根白髮，所有的夢都比平常的日子清晰，當我的日子只被幾個地點和人物連線，我甚至分不清今天與昨天的差別時，所有的夢都變得如此特別，以壓倒性的完整勝過我的生活。我在網上搜尋與我相同症狀的人們，他們都說是因為壓力，於是我們多夢、我們驚夢，但是這段日子，卻是前所未有的純白啊。

我打工，在放著古典樂、晚上不營業的下午茶店裡。我也上課，在不需要點名、不用分組的研究所生活裡。我戀愛，在沒有第三者、沒有吵鬧的平淡裡，用長長的安靜把生活洗得一塵不染。但夢一直來襲，捲走了精力和時間，朋友Y注意到了我多夢的黑眼圈、和眼球一樣透著血絲的白日生活。

於是，今年我生日時她寄了一組兌在水裡喝的純露給我，卡片裡她說帶有一點奶茶的香氣，可以舒緩精神幫助入睡，祝我好夢。那一晚，我打開加了一杯蓋的純露到開水裡喝了，睡前我感覺到所有的想法以慢速播放的方式在腦子爬過，像是有點壞掉的跑馬燈，我敲打了幾下頭，有種不錯的預感，但那杯純露帶來的效果只是我記不起夢的內容，可是它依然來過，我力竭的起床知道它們全都沒有消失。

我們要怎麼辨呢？我還是在喝那瓶純露，它有個可愛的名字，叫菩提純露，其實它不是奶茶的味道，應該是青草加上樹葉刺鼻的氣味，像夏天清晨站在一片濕氣瀰漫的無邊草原上，可是卻沒有愛人在身旁。我知道它想告訴我的意思，這裡本來確實沒有夢的、也沒有夢裡的這些人跟這些小小的塵埃。我一直想跟Y說，如果下次要再寄另一瓶純露給我，請一定記得祝我無夢。夢對於我，已經與好壞無關。

再後來，我換了一個打工的地方，那幾個月裡，每天八點到辦公室裡和一群跟媽媽一樣年紀的同事們打著電腦，在公文和比我小不了多少的學生間麻木對話，五點半準時打卡下班。那段時間裡，像是被這樣的生活榨乾了所有靈感，從未如此規律的早餐、午餐、晚餐接著睡眠，是深深的熟睡，我胖了三公斤也終於只在假日時才夢。

那一天我吃了午餐陪一個媽媽同事散步，前一個週末我夢見前男友在夢中辦了場盛大的婚禮，他回頭在人群中看見我，白襯衫外的金鍊子閃了又閃，他說妳開心了嗎？像是問我在蒼白人海失聯的這幾年是否找到了自己。我在夢裡離開會場蹲在地上哭了好久，醒來後雙頰乾燥，喉嚨卻都是苦味。

同事問我今天怎麼黑眼圈這麼重？

我跟媽媽同事聊到我的多夢，她問了問我會不會心悸、情緒化這類的問題，好像確定了什麼大事一樣的告訴我，「妳這是自律神經失調」。說她生完孩子後也曾這樣，於是她看了睡眠科、精神科、家醫科，才發現是自律神經失調。我們再三比對了症狀，她回辦公室給了我一家診所的電話，我回家後揣摩了好久醫生可能問我的問題，整理了記憶中夢的內容。

想起去年九月，中秋前，我在夢中掉了好幾顆牙，彷彿是忽然自覺地我在夢裡摸向牙齒，就輕易一顆顆的摘了下來，沒有流血也沒有痛。隔了一週，親人過世，我從一個朋友那聽說夢到掉牙代表有親人會過世，我不信這個，但比起潛意識，我寧可相信這樣如算命般的去解讀夢。後來，再夢過一次掉了牙齒，我緊繃的過了好久的日子，而這次沒有親人離開。

但我開始猜測每一個夢的背後是不是都代表著某人離開，可能是親人，也可能是情人，因為人總之是來來去去，不管你知不知曉。

說不定，夢是這些人離開的殘影，殘影帶著兵氣，把留下來的人一刀刀劃開。我再怎麼堅強，也不能每晚對你們的離開無感。

我決定去看醫生。

沒想到當我打去掛號時，卻排到了兩週後。那間診所早上、下午到晚上都看診，究竟有多少失眠又多夢的人在城市裡？從路樹旁與水溝蓋上神色如常走過，只有卸妝或脫下眼鏡後才看出他們的夜晚疲累，他們似我，每一個人都如此被過往綑綁，當然也有可能，是被未來或現在。

我們都怕。

怕的不是夜晚或是隔天清晨的魘起。而是離開的人，離開了再回來問你，你快樂了嗎？他們比童年時躲在黑暗中形狀各異的魔鬼、吸血鬼、東方女鬼還可怕數倍，長成大人才知道，真實人生中，人們勝鬼、生活勝鬼、連自己的夢也勝鬼。

第一次來到診所，米白黃光的診間像豪宅的樣品屋，沒有小時候害怕的藥味、針頭，只有皮膚好到反光的醫生，可能診所兼做醫美。我和醫生對談，他請我填了一張表後，我們反覆確認內容，做了健保絕對沒有給付的儀器檢測。報告出來後，醫生反而輕輕笑著確認是自律神經失調，一定比憂鬱症什麼的還好治療吧，我從他的笑容裡猜測。「我們吃個藥吧？」他揮筆寫下一串藥名，我點頭，也許他根本沒看見。

診所的護士叫到我名字，收了三千元的藥錢，裡面有幾顆紅紅黃黃的藥丸，睡前吃的、餐後吃的，護士只說大概兩三個月內就會有成效了，妳可以好好的睡了。我捧著藥包走上街，心跳的沒有那麼快，好像已經好了一半。

騎車回家的路上，我幾乎什麼都沒有想，連被改了三次的公文稿，或是只寫到第三章的論文都沒有想起。夜晚，我倒了杯涼水放在床頭櫃，藥丸一顆顆排開，配色很美，開始玩起手機。手機的line有訊息傳來震動，我跳出五色轉珠遊戲畫面，夢裡結婚的前男友小圖照片蹦出，他問我，妳開心嗎？

所有的畫面忽然被按了取消靜音，嘩嘩嘩的震痛了我耳膜，所有白日無味無感的生活與夜晚相連，我哭得像一個被誤會的小學生。

其實，從來沒有過去這種東西，妳趕走的人或許還在，妳希望還在的人也許也在，只是不在可以觸及的生活中。我也嘩嘩嘩的哭完，走出房門告訴我媽我要辭職了，狠狠的拔掉了那根額前白髮。我知道這一年我會把論文寫完，然後呢？我或許不再怕那些煽情的夢，煽情的自己，它們其實都不是夢。

我喝光了那杯涼水，把藥掃進垃圾桶，剩下的藥放進抽屜裡。也許我不會好，但那時我也不會怕了，我這裡有三千元的藥呢。

失竊與落鍊

窗簾只透一點點光。

夢是所有人睡去亦可能不小心碎去的時刻，夢也比逢魔時分更等於真實日夜的交界。在還沒醒之前，我看見無性徵的天使騎著我的第一台腳踏車入夢，只有喀啦喀啦的鍊聲，袤黑的廣場沒有邊際。祂只是一直騎著，而我不在乎祂沒有歡快的表情。

我只看見我的第一台腳踏車。

夢閃成幽深的人臉，腳踏車失竊。整個青春期我丟失了七台腳踏車，國一初學騎車，在搖晃的大樓建地間，雙腳學會了除卻行走外的技能，開始用新的速度超越過去的自己。

第一台腳踏車，在捷安特占領街頭的時代前，我得到一台銀藍間映著水色的美利達單車，那也許是全世界最好看的顏色了，在整條我居住的永興街上，水漾的銀藍一定曾劃過一條條星痕般的軌道，就這樣沿著中正公園、中國醫藥學院帶我來到初識世間一切的十幾歲，再到一中、科博館、最遠曾到後火車站的舊德安百貨。那是我的第一個世界，混沌初開，萬物始生，然後它在第六個禮拜失竊。

在我未識七彩成衣及各大小品牌前的世界裡，腳踏車是我擁有過最接近一件完美洋裝的物事。一件完美的洋裝，隨年歲增長而無數次改變外貌，有不同的衣料感、不同的垂墜度，不同的光澤。很長的時光裡，青春女孩揚著不帶一絲褶皺如珍珠般光滑素白的臉，看著一本本雜誌和櫥窗裡的模特兒，無能為力去擁有一件完美的洋裝。但卻擁有了帶著寶石色澤的一台腳踏車，我常常出門不為了做任何事，只是為了騎著它，在沒有青草味、水澤味的城市裡轉換變速，時快時慢的穿越灰鐵城景，讓城市見到這樣的寶石藍、這樣的我。

最遠卻不能超過中港路。那樣寬達八線道的巨型馬路，即使是很後來的我，騎著摩托車甚至開著小汽車穿過它時，都仍然感到無法自在。就像是在求學時代一次次朝會時全校的抽背課文活動，每當抽到我的座號，我出列走到升旗台那段短短的路，胃痛不已。我總在這樣的路口感到被窺探、打量，我大約是無法超越這樣的路口的。總是騎著那台腳踏車，在甫超過科學博物館離中港路不到兩百公尺的路口迴轉離開，這樣的旅程重複許多次，而後停止在它的失竊。

十四歲時讀的那間國中，校內沒有太大的停車棚，我們會把車停在校園外與對街大學相接的圍牆，我總是把車身與圍牆鎖在一起，用的是五金行買的號稱電動剪也剪不開的合金大鎖，卻也阻止不了它的失竊。那樣的年紀裡，誰沒被偷過幾台腳踏車，但是唯有那一次的失竊讓我全程記憶住。後來擁有的腳踏車，我已記不清它們的廠牌樣貌，或許它們更昂貴、更閃亮，但卻不是我第一件完美的洋裝、完美的物事，只是一台腳踏車。

那天下課後，我在圍牆外徘徊一兩小時，沒有去補習沒有回家，一直相信在下一個重複的轉角會忽然發現自己鎖在那的腳踏車。卻再也沒有看到它，連大鎖或是開鎖的痕跡都沒有留下，只餘一個乾淨的轉角。

梅雨季的來臨與結束和青春期是差不多的，或許和任何人生階段都是相似的，只是我還未能得知。那一個下午梅雨可能打濕了我薄如蟬翼的夏季運動服，露出我還穿著無鋼圈運動內衣的身形，纖薄年輕，也可能沒有。回家後可能被罵了很久，我掉著淚比父母親更怨怪自己，泡澡時憋氣把臉全埋在水下痛哭著，也可能沒有。所有記憶開始不再深刻，便差不多是始自那下午，我明白那是我童年的正式完結。

開始不再擁有一台完美的腳踏車，沒有寶石水藍、沒有星星軌跡，於是對待之後擁有過的腳踏車，也漸漸習慣它們的失竊，或許也開始習慣失去。

習慣失竊後，我的騎車生涯裡驚人的擅於處理腳踏車的落鍊，我騎著第一台腳踏車後的其他台腳踏車，我只能稱呼它們為二號與三、四、五、六號，在每一個上坡，比如那個暗戀九年男孩家後面的那個坡度極高的上坡處，只要一不小心切換變速太急太快，都可能會落鍊。落鍊後我有時候會撿拾路邊的樹葉包住鍊條，輕輕一扣便讓它回到軌道上，但大多時候我直接以那時因為常常被檢查服儀而修短到幾乎齊肉的指甲和雙手，拉住那銀黑的鍊條扯動再扣回。雙手因為油汙而灰黑，但我感到非常的快樂，我用手背避開指頭小心的擦汗，在僻靜住宅區四處張望，為我自己的小小成就尋找認同，然而街區總是無人。

落鍊的第二種情況，經常發生在試圖回望，不，是試圖向後踩踏騎車時。在每一個等待紅綠燈或是與人並騎的時候，千萬要小心無意識的向後旋轉踩踏的慾望，那樣的落鍊和踏空，一次次的讓我錯失下一個綠燈或是與人同行的時間。也讓我雙手油汙的站在街頭，這樣的街頭人來人往、這樣的街頭人們的手指白皙潔淨。在不再騎車的許多日子後，我一樣小心謹慎的不輕易往回走，甚至小心回望的頻率，因我早就知曉往回與後退需要付出的代價，也無法接受這世界的圍觀與同情。

這是落鍊教會我的事情，這是我的腳踏車們帶我穿過時間雲圖偷偷瞧過一眼的未來。

未來便是現在。

我在夢見第一台腳踏車的午後醒來，為做夢的無能為力流著汗。無法一一數出唱名過去的這幾年，時間果真成為雲圖。我在很久前瞥見的那一大圈熱帶氣旋最後還是沒變成颱風，只在我的青春期下了幾陣雷雨就走了。雲圖上方看我，還是那時的我，所以必須到我身邊看我，才是現在的我。

現在的我擁有一整衣櫃的洋裝，材質隨價格不定，但它們大部分都曾經是過去某階段的我，那一件完美的洋裝。只是效期有些幾天，有些幾年。時間在衣架上懸掛晃動，有淡淡的乾燥花袋氣息，關於後來在網路、百貨、路邊攤甚至東京街頭買的那些洋裝，我只餘或深或淺印象。但第一件與我第一台腳踏車一樣完美的洋裝，不論我搬了幾間套房、幾座城，它都跟隨我從十六歲一路展示而來。十六歲的我搭起校車，不再跨騎在腳踏車上找尋經過暗戀男孩家的出門理由，十六歲的我開始使用「愛」這個字眼。

你們要明白，愛是很重的字眼。

那一個被我率先開啟「愛」字開關的學長，不過幾年便已消失在如拍賣內衣花車的人海裡，他唯一留下來的是那件洋裝。但洋裝並不是他送我的。我在長時間的觀察中發現他最愛的一間服飾店，那間服飾店賣著比周邊相對高價的進口男女裝，掛著一列列OSMOSIS、page boy、beams這些後來幾年氾濫於台灣青少年的日本品牌，但那幾年裡它們確實如陌生字母，在我的世界裡拼湊組合成一個個遙遠未來。我第一次走進那間店，便看見那件白色的可調肩帶洋裝，但不是純白與全白，而是有極細微的藍色條紋絲線，埋在白色棉麻中，觸手滑潤，藍也不是全然的藍。我沒有試穿，拿起它結帳，它在我很長的一段過去裡，是幾乎無人超越的高昂售價，但我仍然掏出錢包前後所有的鈔票與零錢，帶走了它。

我只穿過一次那件洋裝，只因十六歲的我還不敢穿上細肩帶，露出那幾乎不曾見光的膚與身。等我大到可以無感露出背後與頸脖肌膚、大到甚至嫌棄肩帶礙事的年紀時，它早已成為一件孩子氣的白底藍條洋裝。但我從未背棄它，正如我從未背棄任何一件洋裝。即使它用來調肩帶長短的金屬環，開始把陳舊泛黃的顏色染在白洋裝。

我翻找我的衣櫃，決定午覺後出門要穿的衣服。途中我經過拼接深淺中三種灰色的雪紡洋裝、經過那件開滿英國庭園裡未名小花的貼身洋裝、百褶裙襬細領的櫻粉長洋裝……它們穿過一陣陣的晴雨雷擊一直在我身邊，它們比我第一個真正愛上的人還要愛我的身體。它們也陪我一起談那場真正的戀愛。

戀愛並不是親吻約會上床說愛，戀愛是學會克制。

克制食慾、克制嫉妒、克制受傷與克制太愛。我穿那件灰雪紡的洋裝和他在逢甲夜市旁第一次接吻，雪紡並不透風，我吻得全身汗濕，後來他跟我說三層雪紡讓我看起來手臂更粗。在一起不知道第幾年時，我穿那件花開滿園的洋裝和他吃牛排，卻忘了不久前把頭髮剪得太短，照片裡的我看起來像是一個太過鮮豔的男孩。前年我穿著粉櫻長裙襬的那件洋裝與朋友們跨年，前年我開始一個人穿新洋裝，不需要再克制自己，無法談一場真正的戀愛，而不是沒有戀愛。

我在滿櫃的衣料中拿出了新買的黑色薄棉長上衣，是薄到可能洗幾次就會破幾個小洞或是脫長長線頭的便宜上衣，穿買來時就破好幾個口的打折ZARA長褲。打開放在冰箱的膠原蛋白飲，吃兩顆維他命，我已經可以細微但確實的感覺到三十歲，它不會一夕驟至，但它讓妳以前三點睡仍然飽滿的雙眼開始不再光潔、讓血絲包裹青春直至不見。我已無太多時間翻看時裝雜誌，也開始隨緣購入任一洋裝，開始喜歡苦瓜的味道。可以一個人吃飯吃很長的時間，可以對追問什麼時候結婚的長輩笑而不答，可以忘記被竊走的那些美麗人事，可以忍耐一百多秒的紅燈憋氣過完長長的馬路，可以離開家鄉，我都可以。

或許我三十歲之後的天氣，你們在高處的雲圖上看得一清二楚，因為都已經歷、閱畢。我舉著雙手穿最簡單的衣服面對未來，未來就是現在，青春的後腳總是踩著前腳，再踩過我。我輕輕的關上衣櫃，輕輕的不願驚醒還不想醒的那些時間。那時間裡有寶石色的單車、最美的洋裝和我愛的男人。

我關上家裡的門，在巷口等了十分鐘才借到一台Ubike，天色開始暗。我跨上腳踏車聽到鍊聲，沿著大安森林公園騎很長的磚石路，路影被踩踏發亮的車燈照得一閃一閃。我並不擁有這一台腳踏車，無需過問它是否會丟失、落鍊、顏色是橘或綠，這只是我借來的。

很靠近三十歲的我，在借來的腳踏車上努力發亮，終於發現一種讓所有美好人事物不怕丟失、磨滅的方法。

「只需要不曾擁有」。我滿身是汗的破解了答案。

我們的房間

我一直覺得通過別人，讓自己更好。

每一年的某一天，不定時的一天，我都覺得自己更好了。就像陽光穿過身體，像心跳重新開始。但是那一天與那些天的之後，我才發現，我一直是小時候的我，站在家門口哭著叫你們的名字，讓聲音與氣味使自己不那麼寂寞。

寂寞是被杜撰出的，一種很歇斯底里的感情，我一直都是一個人長大，一個人回家開門，吃飯寫習題然後等人再開門，告訴我一聲我回來了。如果這世界上，一直一直都只有我一個人，難道就真的不會明白寂寞了嗎？

如果從來只有一個人，又怎麼會發現寂寞，我在紙裡發現了它，比任何病毒更加強壯，不用接觸就讓你看到了。它那麼鮮血淋漓的站在那裡，這座城市所有的人一定都曾看過它，它讓不寂寞的人都哭了。就像是我不信仰的東西，比如像在街角看到車禍般，那樣的曾經目睹了母親的寂寞，她寂寞在她從沒有得到的東西，愛情與一個自己真正的孩子。也像父親的寂寞，童稚時看父親的寂寞總像霧霾，有時看見了但仍不明白，等到我長大後穿過自己的霧時，才明白他的寂寞在他從不知道自己擁有什麼，或是要什麼。他不要錢和女人，但是幸福在此之外，會以什麼方式存在？他不明白，他好寂寞。

我那時才發現，穿過身體的不只是陽光，陽光和男人都讓我溫暖，擁抱也是。在愛情之中我學會的不多，但至少愛情消失了以後，我開始學會留下彼此的身體，為了寂寞。直到別的愛情開始，別的男人穿過與消失，總還是會留下幾個，幾個像開了十個小時的暖暖包一樣，你用力感受用力搓揉，總還有一點點溫暖，那一點點溫暖卻開始讓陽光穿不過我了。

我問妳。

妳還記得自己說過，要成為更好的人嗎？那妳一定忘了，那不是讀更好的學校，賺很多錢或是變得更瘦更漂亮的事。更好的人，是要那個人柔軟善良但是堅強，在愛一個人時夠勇敢的把過去和未來都賭進去。堅強的面對失敗，面對寂寞的騷亂。

但讓妳身體舒服的事與人太多了，如果年輕是把靈魂跟性完全融合，那麼妳不再年輕了。妳選擇用純白無雜色的眼光看著美麗的靈魂，但妳的身體仍然向別的事物靠近，有點渾濁有點癢。那是某年清新潔白如雨後茉莉的自己，離開皮膚後的後遺症，妳身上沾染了土和油汙，世間所有爽快但骯髒的東西。但妳依然每天洗兩次澡，穿上妳的純白外衣。

只是那不是赤裸的自己了。

自己又是什麼？旅行中坐長途的火車，妳穿過日與夜和時差的大陸，卻穿著一樣的衣服帶著妳淡淡油味的頭髮，要在哪裡才能找到自己。會不會忽然在某一座離台北幾千公里的城市或是鄰座陌生國度的旅人身上發現，妳知道這必須在很多年過去後才能確切的解答自己。只有自己能解答自己。

那一次的短暫告別之後，妳把所有陽光穿不透的事物隱藏在一層層密碼和喜愛的文字後面，打開又關上一個個房間，躲在其中，書寫離開後的旅行，長達好幾季的旅行，也書寫家庭和另一個家庭，卻不曾真正面對跟解釋到那數個重疊並互相矛盾的家庭，幾個不處在平行時空但同時存在的父父母母爸爸媽媽。即使藏得隱晦，但至少妳肯寫下他們。

一定有人發現了，妳不敢書寫成長後的人與事，像是愛情跟欺騙，於是他們堆積的越來越多，開始長成善良卻自私無比的一種心魔，以愛情和那些妳所欺騙的愛人為名，在這次長途旅行的最末，終於匯集成比土石流還劇烈的崩塌，劇烈敲打每一個房間。

它們在車過青藏高原時，伴隨高原反應在空氣中蔓延擴散開來，那個坐飛機跨過海峽的男人來找妳，你們在年輕時相識，那時還可以叫他男孩，自己當然是那個可能還眷戀著陽光和重生的女孩。但妳忘了寫下這些後，當妳開始面對愛情，和這之後的寂寞、性、愛分離的這些關鍵字時，妳發現妳已經坐上了長途車，聞著各人與各人的氣味，再狠狠的發現已不是那個女孩，甚至不再女孩。也不是在盆地裡或捷運人潮中為幾顆青春痘苦惱的她了。時間跨越十幾年，逼進了三字頭，時間怎麼卻沒有跨越好與壞，讓妳擁抱時不會心虛疼痛？

那個男人擁有白皙修長的手指，他一定常常修剪，腳的趾甲也總是服貼而乾淨，他在時，空氣中會充滿著一股沒有味道的香，那是妳多年來一直找尋的陽光穿透的氣味，妳耽戀所有味道，也許是為了自己沒有任何體味的身體，沒有人氣的家。

那個家已經舊了，於是它重新鋪過磁磚，粉刷上純白與米白間的那種白色，有整顆紫水晶切開的擺飾品，還有新的鵝黃色的窗簾門簾，跟一樣全新不知道是HCG還是American Standard的洗手台和馬桶，全都是沒有指紋的銀或是沒有溫度的白。那短暫的裝修歲月裡，妳喜歡上油漆跟工地粉塵的味道，它讓家裡總是來來往往許多人，它讓妳找到一種明確的味道，不再是似有卻無的家與氣息。

這是妳的氣味之謎，氣味代替了語言跟面孔，妳想起來的所有童年出場人物，全都有著清晰的味道。但妳寫過關於氣味的文字已經太多了，就讓這一次只有陽光，無味無色的光。

我是在跟妳對話，在車過青海湖的清晨中，我擠在無法坐直身體的硬鋪列車，離台北或是海邊很遠，也許更靠近加德滿都。

為什麼終於跟妳對談？妳曾偷偷寫下過好幾本詩集，都還藏在妳士林家裡的床下，妳也寫過很多關於妳家庭但卻隱晦不明的紀念，隱晦的地方當然沒有陽光，但是安全，長時間成長的歲月妳都非常懼光，一個人在房間時只留下床邊的黃燈，即使是冬夜的黃昏六點妳都遲遲不願開燈，多半沒有人發現妳開著燈或關著，當然也沒有人發現妳醒了或睡了。這是一段沒有陽光的成長史，但還好妳從來不是趨光的植物，在大亮的晨光裡妳有時會痛到流淚，總在求學過程裡躲避每一次的升旗和朝會。

我在青海湖時醒來，天還是一片漆黑，只是從車上附的簡介知道這時正在通過湖畔，我真正看著妳，把呼吸和顏色去掉的自己。這時的我已經開始跟妳對話好幾年，時間像風箏的線，讓我們相連卻碰不到彼此。妳訴說了好多關於那些人的氣味和色彩，妳開始放下了嗎？開始在面對生死後，願意真正說話了嗎？

妳用沉默告訴我，這次可以說了。

推開所有妳用七色建立的窗和門，穿過充滿各種味道的房間，我們面對面坐著，妳經歷過的我都懂。

我在車上低矮的床位坐著，手指飛快的打著鍵盤，火車帶著我穿過第一個房間，房間裡有愛與恨。妳原以為不能寫的事物，都充滿了恨，十八歲那年，妳所經歷的成長已經包括了父母離婚、婚外情、賭博、負債、失聯。當然也有相較之下微小不重要的，那些妳自己的寂寞與房間。十八歲前的事情妳都放下很久了，在同學和朋友之間，妳知道自己沒有什麼不同，至少總會有人與妳相同。

十八歲的某天，妳在放著紫水晶旁的椅子上坐著，母親跟妳說了那些關於妳真正家庭的所有事。紫水晶充滿鋸齒狀看來鋒利的切面，或是廚房裡正要滾沸的水，都比這故事還要吸引妳，妳終於確定，即使是十八歲後的事情，妳也都可以很快放下了。如果讓妳選擇，妳選擇回去嗎？其實這問題不成立，因為妳在十八歲的很久之前就知道很多事沒有選擇。妳把快滾的開水關掉，回到房間過一樣的生活，那之後的一天，與那之前的一天，從來都沒有不同。

至少妳以為沒有不同，但是如今我坐在這裡，離那時的妳已將近十年遠了，這十年裡妳失去了感覺，每一個妳深愛的年分都在十八歲之前，怎麼時間這麼快就來到二〇一三，怎麼我還沒有成為一個擁有陽光無色香味的人？

那時的妳不知道的還有，妳終究要面對死亡和愛和恨。妳從沒有真正面對過那個生育妳的女人，即使她在妳面前痛哭或是擁抱妳，她都像是連續劇裡的演員，還是演技不怎麼好的，妳那時想即使是看連續劇都不會哭了，何況是面對她與自己。

我鎖上第一個房間，打完這段的最後一個字時，雙眼仍然不曾覺得濕潤，如果我在十八歲前已經知道人生如戲，十八歲後的我看人生，某幾個片刻我只能屏息，卻怎麼都不會哭。

第二個房間緊接著開啟，在我沒有寫完第一個房間之前，沒有任何人可以打開它甚至看到它，這是一個原本只有氣味的所在，一種充滿木槿櫻花或其實是人工香精的房間。說起那個女人，她一直擁有獨特的香氣，好多年前我曾在忠孝東路上的sasa香水櫃前花整個下午找她的味道，有點像是KENZO的罌粟花香也像已經停產的Air香水，或是摻雜了三宅一生的一生之水，我用鼻腔每一處黏膜感受，再後來我只能在香水櫃前狂打噴嚏，而無法分出當中的任何一點差異。

偷偷的告訴你們，這是我持續不間斷的書寫香味與色彩的一個房間。城市有好多個，有時候我分不清北京台北或是台中台南，就像有些人有色盲或是鼻塞的毛病一樣，我的眼睛記不起大部分清晰可見的光景，人的臉城市的路，誰笑了誰又再哭。但鼻子可以聞到每一處最複雜潮濕的味道，也可以感覺出空氣中的每一道光線的顏色，只是不是從生活中，而是在記憶裡。

我把那幾瓶香水的味道鎖在這個房間裡，沒有放椅子或是相片的一個房間，房間可以隨身攜帶，我拖著它走過長長的歲月，我想這是我總是走得太慢說得太少的原因。打開這個房間，把所有的香味散發出去，我打開的那一瞬間被香味刺痛了鼻的黏膜，但只要忍過這一瞬間，讓香水跟屬於她的花香基調的味道揮發光，我就能繼續說下去。

當第二個房間裡沒有任何氣味時，地板下傳來敲打的聲響，坐在中國長途列車裡灰撲撲床單上的，那個真實的我抬頭，手指離開了鍵盤，不再去管誰在文字裡敲打著。我想可能是小學時她帶我去看過的其中一個馬戲團藏在裡面，為什麼後來那些年，越來越沒有馬戲團經過這座城市呢？沒有那些看起來悲傷的動物表演，也沒有穿著彩色緊身衣的馬戲團班底們，負責喧鬧起那段沒什麼聲音的童年。

在我出發前往中國的前晚，我和她在二十四小時茶樓裡吃芝麻糊和馬蹄糕，到那時為止，我也始終沒有覺得她與我有任何從血液裡散發出的連結，當然也沒有說過恨與愛，錯跟對。我只是咬下每一道港式點心，給她一個擁抱，就離開了。所謂的分別，可能是幾天幾個月或是幾年，但沒有想過是真的分別。

我在八月台灣的夏末時離開，只是兩個多月的時間，我沒有跟任何人說起，卻又回來了。那一個禮拜，我在醫院下附設的靈堂裡，每天唸一場經焚幾炷香，她最後的味道不是那些花香系的香水，而是禮儀師塗滿她臉和全身的粉味。無所謂一個人怎麼離開生命，但離開後我才開始害怕時間。

害怕我們都認為還有很多時間，成為想成為的樣子，或是真的愛上一個全新的人。其實沒有時間了，沒有時間把所有房間一個個說完，沒有時間去找到她用的香水了。

只停留了一個禮拜，我也沒有告訴任何人的又離開這座城，這一個禮拜並沒有成為我在中國長長旅行的一段空白，它就像一場午覺時做的夢，我在夢裡可能哭了，但是醒來眼睛卻還是乾的。

走過第一個和第二個房間，天空終於開始大亮，列車的服務員開始推著餐車賣起防腐的食品，高原上真空袋都膨脹成一個個氣球狀的袋子，我想我的肺和心臟也是。

我翻身，換到靠走道上的小小檯子繼續打開房間。第三個房間，在昨天晚上被鑿開一個小孔，當孔裡開始流瀉出謊言，大小不一顏色也不同的謊言時，我無法再騙自己或是那個從盆地來到高原上找我的男孩。

我們什麼時候開始學會說謊的？什麼時候習慣說謊也不覺得緊張？有好多年，

我喜歡住在城市的山上，喜歡談戀愛時用盡所有力氣，讓自己覺得能夠感覺。能夠從第一個第二個房間裡走出來，不看顏色和不聞氣味的真正碰到另一個人，牽手擁抱睡覺擁抱親吻擁抱，在另一個人身上找到放置自己身體最舒服的方式。那是不是愛情比起那溫不溫暖還不重要，我建造了第三個房間，那裡我對自己和他們說謊。

如果能換來一個擁抱，那說三個謊言也是值得的，所以每一個謊言都那麼甜美。

前一晚他在我的手機跟電腦裡發現了他們，為什麼我不能喜歡他跟他們的擁抱一樣多呢？我只是希望我們每一個人都快樂，如果有人要說謊另一人才能心安，那麼我願意當那個犧牲的人，讓每一個人都快樂。他們都不喜歡是他們，但我也不喜歡是我，這些都是沒有選擇的，為什麼長成了男人卻還是不懂呢？

他張開形狀和顏色都美好的唇問我為什麼說謊，我聽懂了，他是問妳為什麼那麼怕寂寞？我的寂寞是我的霧，因為那座城市太潮濕太安靜了。我只是半夜忽然醒來再睡不著，決定在這班長途車上打開上鎖的房間，裡面有父親母親，有那個過去的妳，有充滿香味但失散的女人，他們說她叫媽媽，只是從沒有爸爸。

那些霧和夢一樣難分，我在乘客們陸續醒來的第二車廂，看窗外壓在草原上的太陽。當我開始把房間打開放出人們和氣味，也許可以多一點空間讓陽光進去，有好長好長的時間，我懼光但又渴望它，忘記了陽光穿過身體，改變了方向和心跳的感覺。

那個男孩可能要醒了，他在下鋪身體有些微的震動，起床前散發無味的接近陽光的氣息，我想要下床緊緊的抱住他，跟他說我昨晚打開了三個房間喔，我終於可以回家了。他也許會問說是什麼房間？那時我會在列車上吻他，跟他說沒有房間啊，這列車上面每個車廂都沒有門的。

然後、然後我會在他也回吻我時決定要開始愛上他，這時心臟會因為第四個房間在成形而劇烈震動著，他一定不會發現，只以為是鐵路的緣故。

但我關上筆電後，只是腳趾頭輕輕抽動了一下，就在列車上睡著了。

亞熱帶憂鬱

我能感覺到一切。是一切。

一切是那一年淡水線捷運鋪展而出的無數夜市、小販和便利店，可以穿過與禁止通行的捷運橋軌下涵洞。涵洞另端是被熱風阻隔的另一個宇宙。有一樣的日光折射、一樣的機車騎士，在亞熱帶的風裡流著亞熱帶氣味的汗，黏膩濕稠。那樣的午後與日子帶著巨大的焦灼感，無以名之，只能尋找類似的其他日子。

其一。

未成年的夏天，學校外租書店二樓，我通過窄而陡的塑料樓梯，那種鐵杆配紅膠皮扶手的梯子。進入沒開放冷氣的租書店二樓舊書區，成千冊萬盛、禾馬出版的言情小說和封面被翻成破畫報的港漫一列接著一列。書頁黃潮有些脹成一倍、半倍的厚度，它們泡在時間之水裡成為無人翻閱的舊書，卡在青春期和成年之間亦無從識別。

我蹲在潮舊的櫃子間，租書店二樓的木窗總會在這樣的時間裡透進橘黃夕照，萬盛言情小說的粉紅書皮有些褪成了粉紅白，我直視這樣的夕照，整層樓的懸浮灰塵如星，飄散在因我揚手、轉身而改變的氣流中，成為一個舊時光的灼熱宇宙。那一本粉白色的舊言情小說，書名是《亞熱帶憂鬱》，情節與對話就像再古早一些與言情一些的《傷心咖啡店之歌》。那樣的下午與燠熱日光，世界與身體都無聲無息，在平衡與安靜中，卻感到巨大的憂鬱。憂鬱於盆地起風般難得的無事時間。那樣的心焦就像一個悶著的蕨類孢子，我最懼怕這樣的憂鬱，卻無以名之。只能讓一個又一個的孢子，一次一些的停在生活的片段之中，在我騎車穿越那一個個涵洞，沒有打工約會剛考完試的夏日、在陽光直射雙眼無法收回視線的下午，在熱卻還沒流第一滴汗的捷運站出口……它們聚生成群，成為巨大蕨類的孢子囊群，成為生活的預言。

就像有什麼事情將要發生。

我從士林開始騎車，應該是往北投的方向，或只是穿過芝山到天母吃那間抄手店，若你記得我的去向請告訴我，因為當我穿過那一個涵洞，就如穿過一個蟲洞，領我往更潮濕不堪的地方走，那裡沒有記憶。雨天的抄手店，蜿迴小路我只走過便忘不了，記憶若是存在，那麼便是強壯而不可摧壞的，只是它可能並不存在。

有一本本宇宙學的書堆放在老家那間全是雜物的書房裡，除了書還有半壞的電子琴和家人抽獎抽到的成堆餐具。翻遍這些雜誌，這世界還未知蟲洞是否真的可以穿過時與空，但我已先知道生活真的有一個可以穿越一切的甬道，只是你要先能感覺。

騎過士林橋，我右轉穿越那一條只比一人略高的涵洞，第一道陽光直射我瞳孔，上班時間寂無人聲的公寓區，這樣的安穩是浮著的，像那些龐大絢燦卻只是各種氣體組成的星球，如果你能感覺，也許就能感覺出那樣的不安與騷動是藏著，而不是沒有。

看電影時主角死掉了，哭泣。朋友愛上錯的人，生氣。聽音樂時那句歌詞剛唱完起了滿手的雞皮疙瘩，都是一種感覺。不騎車的時間裡，如雨天，我轉兩到三次的捷運去城市各處。間中，我滑著新聞或是簡體電子書頁，但更多時候我習慣坐在文湖線的第一節車廂，看軌道相會、分離、進站與會車。聽歌手在耳機裡唱情歌，有時候我憎惡這樣的感覺，應該是憎惡自己每分每秒都在感覺。我該先謝謝感覺，感謝它讓我唱歌時能聽見自己的聲音，讓我能夠讀詩。能夠讀詩的時光並不是時時刻刻，不是你分享了那些詩句，我便讀進，也不是聶魯達或是北島、顧城的每首詩都那麼好，其實是我的狀態並不都那麼好。即使是隨時都在感覺，我仍然無法隨時讀詩。

我在文湖線看聶魯達，把封面書皮拆掉的看著，他說「那段時光似乎前所未有，又似乎一向如此」。我回家後才明白，正是為著每一站都是如此的前所未有，因此每一站才變得如此相似。城市的熱似乎比冷更無邊際，這樣的熱日子中，我終於再開始讀詩。很長的年紀裡，我中斷一切詩句，讀七、八十萬字的大河小說、長散文或是這中間的文字，但不能讀詩，直到發現詩人開始死去。年少時在國文課本角落用自動筆寫下的紀弦與周夢蝶、商禽，他們紛紛羽化成詩或成仙。總之都是離開世間，我開始懼怕世間無詩，因此重新讀它。

讀懂了它只能明媚，卻無法真正歡快，就像這樣深深感覺著亞熱帶的日子，憂鬱是詩。

有一個作家在紀州庵裡的小小廳室裡，一邊喝著冰水一邊說起散文，玻璃外熱氣蒸騰，光影扭曲。我聽他説起散文，現在的散文不是像小説的散文，就是像詩的散文，只有兩種。他拿起冰水杯的茶桌上留下一圈水痕，我忍耐著擦乾它的心癢，也忍耐著為散文説話。詩般的憂鬱在路上，但不論再怎麼像詩，它仍然是它自己。就像憂鬱始終不是一首詩。而是日子。

其二。

日子裡藏著一個水龍頭，有人時時關閉，大部分的我們卻開開關關，開關另頭鎖著一切被説為感性的事物，但總是會在幾萬人中找到那樣一個人，他從不關上他的水流。水如空氣、如塵埃充滿他的生活，這樣的生活我無從想像，只知道水流會慢慢的涓細直至不見，我們所擁有的情感與憂鬱無論多麼不被歡迎，也都是限量的。我認識一個這樣萬分之一的人，男孩，我想就叫他阿萬吧。阿萬是一個三十多歲的男孩，三十多歲念著博班，三十多歲擁有一個剛滿二十歲的女友，他讀保羅·策蘭或海明威像是日常吃飯，對於法國留學有著偏執般的想像，排戲寫劇戀愛，社群網站上被標籤的照片沒有一張有著笑容。或許阿萬不只我認識，你們也都認識一個這樣的男孩。阿萬的水龍頭裡流出靈感和濃度非常高的憂鬱，這樣的憂鬱無法不藥而癒，不只在騎車與過橋時來襲，而是生活的全部。這些濃度非常高的生活變成文字，有些躺在我的電腦裡，我偶爾翻看，卻不忍心看見剝開一切假的甚至真的那些告白，不忍心說那是好尋常的故事，何必費那麼多心力感覺。

當水龍頭轉到底，還是只流出聲響不再流出情感後，阿萬也終究會有枯竭的一天，那時他想寫的巨大悲傷都已寫完，那時他過了三十五還是存款不到一萬。那時候朋友們跟他說的話，他可能才會打開耳朵聽見。不是每一個阿萬都能變成海明威與卡夫卡。阿萬就是阿萬。

那些絮語般的失戀經驗和咖啡館對談，是他們小小世界裡的唯一悲傷，是要依靠藥物進入睡眠的所有原因。但世界中、宇宙中存在著更巨大的悲傷，它們會在深夜裡沒關緊的水龍頭隨普通記憶的水珠一起流出，再無聲流走。它們的主人在眠夢中酣睡，恍若未覺。隔天清晨再鎖緊水龍頭出門，做平凡的工作與愛上所能遇見、所能相愛的另一個人。巨大的獸在水管裡，牠可能是誰拚盡全力還是錯過的那個人、可能是死亡，可能就只是一種感覺，只因為許多人將感覺隔絕於門外，故它無處可藏，只能流亡。

我沒藏起我的感覺，只好帶著它四處流亡，水龍頭時開時關，不能總是那麼潮濕。我喜歡我的憂鬱是乾燥的，如果非得要有它的話。

流亡的路線，遍及許多地方。我騎車、坐車時揣著它在懷裡，偶爾我到了更遠的地方，它會忽然在吳哥四十度夜晚的酒吧街裡、在雨如崩塌般下著的台九線無名瀑布、甚至在積雪未化的北京天階百貨旁，以如煙花爆開、血管斷裂那樣的洶湧方式出現。那是關不住也停不了的，我只能全盤接受。接受它與接受所有我尚未能接受的悲傷。能細數的悲傷只是難過一點的牢騷，如果你問我悲傷的樣貌，那會是在我無聲哭泣的雙人床另一側，那個以臂遮住雙眼的男孩，我想他壓住了自己的眼淚。而悲傷的聲音，是喀啦啦的相機快門聲，當光圈小時，那聲音如絲線般拖得更長，延長了我悲傷的時間，提醒了我打開相片資訊卻再也找不回的拍攝時間，與那一個人。

水龍頭打開，並不是悲傷的最大流量。

能細數的悲傷，也不是最大值的悲傷。

所以我學著不要沒有節制的去感覺，或許就能留住感覺，留住我看過的吳哥日出與落，與那時候整天喀啦喀啦的快門聲響。

其三。

再難熬的夏天都會結束，九月末的颱風吹晃著忘記裝紗窗的玻璃，我鎖緊門窗去上班。把鑰匙、零錢包、護唇膏、行動電源和一枝筆丟進包包，把所有的感覺留在房間，曾經那樣懼怕的亞熱帶午後，因我不再能無所事事的閒晃而完結。我在冷氣房裡被對面大樓鏡面的反光閃痛了眼，躲進茶水間裡伸展，卻始終不能習慣這樣的日子。無法接受開始有了存款、開始當起伴娘，甚至熟練的做起一個無傷害力的自己，這是誰要的我？

人是靠回憶建構的，回憶不是只是生活，也應該有更多電影與歌手。十四年前電影明星穿著古式唐裝，奔跑在雲海山尖只為告訴我一句「心誠則靈」。十六年前的電影《美夢成真》裡輕聲說了我的英文名字，它說它代表的是「被神所祝福的」。這一年羅賓．威廉斯剛剛離世，他也是個詩人。

感覺澎湃的事物被隔在許多年前，常常我會想到宮崎駿說自己「是一個二十世紀的人，不想面對二十一世紀」。新世紀的電影逼真精巧，畫面與音樂變得不靠感覺便輕易可解。一定是我們在上一個世紀花費了太多力氣，也可能只是因為不再年輕，所以對新的千禧年無能為力，畢竟那是整整的一千年。當我想到宮崎駿的這一句話，總會羞於承認，關於上一個世紀，其實我又憑什麼說話呢？

我在大樓燈火漸次暗去的樓層裡穿梭，抱著厚重的文件、戴著我的舊眼鏡，這是夏天的尾巴了，這卻不是感覺的盡頭。我可以在越來越失去包容能力的新朋友間，像按下暫停鍵那樣的抽離，抽離到餐桌與電梯之外，抽離回到我年少的淡水線捷運橋底。

天母的抄手店我再也找不到了，穿過涵洞後已無法找著記憶的蟲洞，吳哥的日落被巴肯山的黃沙蓋滿，我的憂鬱滿了、亞熱帶的夏天正好趕得及一起收尾。那一個個被串起的日子掛在我的頸間，成為時間留下的年輪，我們終於失散。

跟所有人失散、跟所有人分開。

我是最後一個離開公司大樓的人。燈火全熄，但城市裡不會有人發現。我搭車時被人潮擠在車門旁的縫隙，軌道在黑暗中隱暗不清。出站時遇到一群嘈雜的外國遊客，穿粉色的球鞋，相機在話語中快門不停按下，不停無聲按下。其他進站的人潮撞向我，偶爾聽到一句對不起，就像悲傷的說著對不起我不想要去感覺。二十五分鐘，不需要任何感覺的二十五分鐘我便到家，室友的貓跳上我書桌，詩集翻倒、書面有幾條抓痕。我靜靜的抱下貓，他咪嗚的叫了我，我抱著他開始寫字。

隨便翻到的滑面廣告紙上，我寫下：「亞熱帶的夏天結束了。」

感覺再也無字可寫。

輯三

城市宴遊

北京光點

一個上海作家初搬到北京時，寫道：「這個城市，從來都不可以用美或不美任何一個簡單的詞語去定義。它有一種堅定不移的硬朗之感。沒有絲毫妖嬈之處，也不心存眷戀。對這個城市，你無法有親近感。你只是將被它征服。」

初來時，我並不特別真正感知到北京是怎樣的存在，城市本來就有不同面貌和態度。但現在確實認同，我們也許都將被它征服，尤其在它自身撲天蓋地而來的征服感之中。

太多電影都以北京為背景，二〇〇九年港片《志明與春嬌》，從香港寫字樓後街抽那根菸，抽到二〇一二年的續集裡，可能是因為朝陽區、國貿大樓到什刹後海的酒吧全城未禁菸，他們便都來到北京繼續抽起那根菸，繼續談談感情，成為當年度最賣座的香港電影。電影裡港星講著不太標準的普通話，一邊抽菸一邊討論北京的乾燥，北京的女人男人，我只記著電影裡的天空灰濛，以為是霧氣未散，其實只是北京如常的空氣質量不好而已。我在電影裡看這座城市，只看到灰色古城拼接高樓在螢幕上閃爍。

接到錄取通知書那天，繞去書局買了本最簡單的旅遊書，但直到長榮BR0716降落在首都機場時，我才發現電影與旅遊書裡原來都是浮著的北京。

就拿天空來說吧。

北京的天空，並不一直都是灰的，雖然沙塵暴和空氣汙染都是確實存在的，但至少當我來到的那天不是如此。飛機降落在首都機場，那一天剛下過雨，離七月的那場北京暴雨沒過幾天，機場有草地的濕味，那時的北京天空只有湛藍，太陽的距離顯得很近很近。手機裡標示空氣濕度是九十%以上，於是那天成為一個鮮明的光點。像是Wordsworth詩裡的記憶光點，spots of time，生命都是由一個個微小光點接續而成的。

北京在你們的想像中是什麼模樣？

如果你曾google過它，一定知道它是由許多環狀的區所構成的，一環二環直到三四五六環，四環內都還算是市區。朝陽區就像是信義加上大安區，轉角便可能遇到王菲、趙薇、周迅、范冰冰，但現在最火的聽說是楊冪，楊冪在我們幾個台灣同伴裡一致推崇像極安心亞。我住的地方在西城區、海淀區的交界，隔幾條巷子就是魯迅當年住過的胡同，或是康同璧母女的舊宅，對了，還有章詒和當年文革留下的殘居。殘居殘留下來的是記憶，院子裡胡同深處只是換了一處人家居住，總之不再是章家而已，這些都是北京城裡可知而不可說的記憶，現在的北京人們湧向新城區，看他們的明星一顆顆照亮京城，轉身，卻背對了舊時明月。

我想像中的北京，是龐大的，舊城與城門可以聳高如天，天安門地安門外除了天地外連街景都泛著灰色，因為龐大本身應該不具有色彩。但真正的北京，偶爾天空極藍，下過雨的隔天我在冷了幾度的清晨醒來，看到平日幾乎見不到的香山，這時的北京很乾淨。

去過北京很多次的朋友說，妳要去北京？北京人髒死了！他們可能確實在生活中隨口吐痰，咳嗽不遮，夜裡路邊燒烤攤的垃圾丟滿街上。

但是北京仍是乾淨的，每一次的雨夜或是清晨掃街車剛過，北京都會一如以往千年般的醒來，那時的天是藍色的，空氣中幾乎沒有氣味，幾乎讓我以為幾百年來的歷史發生在遙遠的另一端。這裡只是一個緯度較高的北方小城，除了水龍頭流出的水不管加熱過濾幾次，永遠有不知名的白色沉澱物之外，在房間裡的清晨，一如幾十年來過去的每一個清晨。

我在二〇一二年的北京，許多事情看似落幕但留下的更多，北京奧運早已經結束八年，街上的計程車師傅們（他們強調不是司機是師傅）還在抱怨無法想像的嚴重堵車，胡同古蹟的大量拆遷，水立方白天看起來只是又舊又灰的塑膠建築。每天在地鐵公交車裡都能聽到的新聞，中國的釣魚島……中國的十八屆人代大會……中國的大事每天都有。

而那些小事雖細微如髮，卻絲絲深刻。十二年夏天開始的選秀節目《中國好聲音》，那些實力跟嗓音都天然渾厚的人們，隨便都有幾百萬的歌迷，連台灣的同學朋友們都同步上網收看。那英、哈林拍下按鈕轉身選一個個的選手們，有一集中國歌手汪峰在台上演唱他的成名曲〈北京北京〉，也是二〇〇八北京奧運時的其中一首主題歌，汪峰在台上嘶吼唱出：「如果有一天我不得不離去，我希望人們把我埋在這裡。」

情感如此強烈，但剛來北京時的我半點都無法理解，如何對一個在地鐵站裡總像在近身搏鬥的城市產生情感，上下站時的嚷嚷和混亂充斥城市每一個角落，一如其他生活中所接觸到的北京。

直到現在，我依舊無法全盤了解老北京對北京城的傾心相戀，他們用相戀的面容神情唱這城市的歌曲，對所有的事物，從小食到文化都自豪不已。大學讀書時，說的京派與海派之爭，我在這城市的學校裡漸漸了解其實從未真正存在，所有其他的古城對它都不夠宏大，所有其他文化對它都不算正統，所有的人問它原因，它都可以自傲的說，因為這是北京。

因為妳在北京，所以妳只能習慣，或不去習慣這裡的生活，即使妳在街邊喝了一口像極餿水氣味的豆汁，而感到極度想念老家巷口賣的貢丸湯時；或是吃了全聚德和大董烤鴨後被帳單上的價錢及那隻鴨的矜貴嚇得完全忘記味道時。北京人都只會跟妳說一句，看來妳還不習慣北京。

在北京像極台灣隆冬的初秋晨起，香山的楓紅在清晨的霜氣中微顫，我忽然醒悟自己已經在北京了。幾個小時後，公車和所有上班的私家車將會把二環到四環的所有道路染上一層濃灰。在我還未能習慣前，我持續寫字，在字與字之間記下北京，不論我最終會被這座城市征服，或者不會。

北漂一族

羅大佑有一首歌叫〈未來的主人翁〉，一九八三年的專輯，第一次聽到這首歌，是在半夜行經奧林匹克公園的計程車上，在北京。

歌詞裡不斷重複著：「當未來的世界充滿了一些陌生的旋律，你或許會想起現在這首古老的歌曲。飄來飄去，就這麼飄來飄去，飄來飄去……」起因於計程車師傅一聽到我的台灣口音而興奮的換了張CD，並強調自己有多喜歡這首歌。於是一路上我開始了台灣流行歌曲史的回味，從小虎隊、伍佰輪了一圈，還是再回到了這首歌。京腔十足的師傅，學著羅大佑略微沙啞的嗓音，當然是純台式的，載著我一路飄回公寓。

師傅說妳怎麼想來北京的？

我來讀書。

師傅又說，妳就是來北漂的。

對，北漂。

北漂的漂，是臨水邊無依附的，但不論是飄在風中，或漂在水中，都是流浪的一種。北漂一族沒有當地戶口，也許是來讀書或是工作，他們在城市裡生活，素日看來跟老北京並無太大分別，但他們隨時都可能無法繼續居留在北京，只要工作或是學習一結束，都必須回到故鄉，或是等著下一次漂居北京的機會。

他們確實也只是在等待一個機會。

北漂的人都有夢想，或者說是想像，對首都對中國京城的想像，新聞上說旅居、長居北京卻沒有戶口的人，有一千多萬，北京藏著一千多萬份的夢，乍聽之下多麼新奇與美麗。但是有根的人們並不覺得。這幾年，北漂的人們開始擁有具體的形象，同學們介紹北京四環外的七九八特區給我，裡面全都是藝術家、畫廊、刺青師，開滿酒吧和書店，他們說有許多搞藝術的同學都在裡面，或許工作，或許只是待著，他們說那就是現在的北漂。

我認識好幾個北漂，姑且就用漂一漂二漂三叫他們吧。漂一是個女孩，她髮長過腰有著像是少數民族的卡其膚色和輪廓，讀文學也喜歡戲劇，但她不喜歡七九八，遠一點的宋庄才是她願意承認的藝術區。平日借大量的書，穿麻質長裙，身上有著野草的香味。她說過她是江蘇人，她在我心中卻非常北京，比起每一個之後認識的北京人都更加了解，所謂北京。

她是我來北京後，第一個一起吃飯的本地人，她帶我吃道地的北京特色菜，炒肝、炸灌腸、滷煮到豆汁、焦圈。柯林頓來北京時也吃這間，她這麼說。我對北京菜的了解於是短暫的縮小成為各式豬牛羊內臟，只是有些勾芡有些水煮，有些連我都吃不出來如何料理。她在一旁點餐向我說明每道菜。我卻發現她只喝了口可樂，不曾動過任何一道。

她說，我是南方人，吃不慣的。

直到那時，我才發現她的北京，是一種追尋出的樣貌，不論是吃食或方向感，都是用所有的心力在好幾年中濃縮而成的。我當然相信這也是熟悉，但你不需要對自己的家鄉如此用力，因為生命會自己在呼吸俯拾間成長，成長的背後再順帶附送熟悉。我們把炒肝豆汁放在桌邊，再叫了份炸醬麵跟一籠湯包，開始真正的對話，兩個很南方的女人，聊起北京。

漂二是一個渾身刺青的大哥，我已不記得他確切是哪裡人，但他在北京待了許多年，久到他自己都不太記得故鄉的生活面貌。只聽他提過來北京前他在老家的童年，也曾經拿過糧票，當過兵。不知道是那之後的哪一年，他來到北京，更不知道從哪一年開始，他習慣了北京貴得嚇人的那些KTV、半夜全是名車在地下室的商城，習慣了自己成為一個北京人。唯一沒變的是喜歡刺青，刺青時還能自己消毒，鋪好覆蓋在機台上的包膜，跟相熟的刺青師要一杯酒，哼著歌曲。

也許他在北方漂流得太久，久遠到過去已不可考，或是說再也沒有考證的必要了。那些故鄉的村落與口音，都已是無法靠回憶回去的地方。有一次看見他刺在左小腿旁的刺青，行書體的黑墨色染料，刺著：「但願老死花酒間，不願鞠躬車馬前。」唐寅當時寫下詩句的心情我無從推敲，但我看著他終日跟客戶喝酒唱歌，每一次見面都換一支新手機，卻能真正體會他所追尋的生活方式。

也是另一種漂著。

漂三是我在台灣的朋友，這些年裡從澳洲英國再去到了加拿大，確定要來北京是在他好不容易回到台灣後的第三天。他說他必須早點走，怕自己在家待久了，就沒有勇氣再出去了。他住在北京市區的外環，因那邊的租金低廉許多。

來京後，我們第一次見面約在三里屯，三里屯是中國外資跟外國大使群居的地段，在嶄新華麗的廣場後面是條略微陳舊、在夜晚充滿麻辣燙和燒烤的酒吧街。但我們約在早晨，他穿著軍裝大衣、合身長褲在寒風中走來，一如我們在台灣時的每次見面。有些人永遠不會輕易改變，無論是在台北、台中或是昆士蘭、北京。他一樣愛聽英式搖滾，對當地小吃從來不感興趣，來北京後連胡同跟水立方都沒去過，但若你問他哪邊喝酒哪邊音樂好，他卻能在來的一週內輕易說出，帶著微微的家鄉口音，並且一如流浪各方時那樣，仍乾淨磊落的笑著。

我們聊台灣，台灣在三個小時的飛行之外，比許多內陸城市還近，但是漂洋過海後就像是另一個世界。這跟你偶爾飛來北京旅行不同，你一樣四處看古蹟爬上各處長城，也去吃烤鴨逛天安門，但是在這些之外……

你可以看到更多這城市的措手不及，在計程車和他人的聊天裡，在北京的匆忙一制中發現，很多人在等待間流露出不同的表情。你會看見有人總是跟你一樣在早秋就穿上羽絨外衣，也會在吃飯笑鬧中聽見誰又說出家鄉方言，當然你一定也偶爾會在街頭上，看見跟你的穿著及行走速度非常相像的人，他也許會回頭看你，然後擦身。

在北京的現在，人們對北漂總帶著一點取笑的意思，我想夢想對他們而言是太遙遠甜美的東西了。他們所擁有的現在是新舊城區混雜，長達半天的堵車時間，跟太多太多人。

也許他們以為沙害塵霧讓北漂的人看不見真正的北京，但是他們其實都看見了，即使看見了仍然存有夢想，他們試著改變也試著不變。我還是不覺得羅大佑的那首歌好聽，但他們確實就這樣飄來飄去，只是終有一天，我想他們會停下來成為這城市不同的未來。

這是，我所認識的北漂們。

我與地壇

教四樓裡面我和北京學生一起坐在講台下，講中國當代散文課的老師，來到了史鐵生這一章，不是特別的長，只講了一篇〈我與地壇〉。

你有沒有過一種經驗，在一個忘記時間地點的背景裡，卻只記得了一首歌，一個畫面，或是一句話？我與地壇就在這背景裡相遇。它是一篇敍述語調悠長的散文，我記不得上一節或下一節的課文，但卻沒忘記史鐵生搖著他的輪椅每日到地壇裡留下一圈圈的輪印，十五年來只講地壇裡的人和事，不講那些在地壇之外的文革起落。

如果沒有金鼎軒，我也許不會記得這些。

地壇在哪？出了學校的東門，沿著新街口外大街，在積水潭前上二環快速道路，一直往東，會先在右手邊看到雍和宮朱紅色的宮牆，它的對面有一座像公園的地方，就是地壇了。說到地壇，在八〇、九〇年後生的北京青年，大概還比較了解它旁邊那棟古宮殿式三層高的二十四小時廣式茶樓，金鼎軒在每個夜點或早茶時段總有各色各式青年嗑著瓜子等待座位。不知道原因，直到現在北京的大小餐廳都還是會在候位區擺上好幾桶瓜子，有黑白各色瓜子在不同的小桶子裡，裡面丟一個鐵碗讓客人一碗碗的舀在掌心上，咬開的瓜子殼就直接丟在地上，餐廳再定時派人整簍整簍的掃走。用餐時段只要一走近金鼎軒，就像踩在一張脆軟的大地毯上，白黑相間，一點點醬油炒香或是南瓜子的殼香味，配著京腔在四周散開喧鬧。

我說的是屬於我自己看見的地壇。

這時的地壇就在街對面沉睡著，樹齡不只好幾百的古樹用它們的影子遮住了圍牆內整片的明清祭壇，在樹影背後祭壇的樓閣群都已老去。它沒有天壇的觀光人潮，絕大多數的北京市民也都如史鐵生文中那樣把它當成了公園。

我能長時間並且安靜看著地壇的機會不多，除了一次曾經花了二塊人民幣進去走了一圈之外，幾次我與地壇的相遇都在那家茶樓裡。有幾次是配著蘿蔔糕和肉粥，有幾次是在深夜裡一邊吃著脆皮燒鵝，一邊聽著北京朋友的鬼故事邊與它作伴。

這些鬼故事在安定門外的空氣中用略微嬉鬧的方式流動，不管是朝陽區那間住著女鬼的高級公寓，還是藏著許多陰佛牌的房間，都被隔絕在地壇的牆外，所以我不害怕。

北京朋友小心翼翼的拿出剛買到的蝴蝶佛牌，它用各種不同花粉拼成了小小蝴蝶的圖樣，拿近鼻端聞時，會有花粉的蜜香，聽說是用來招人緣的。

在這種時刻，我都有一種穿越時空的錯覺，如果閉上眼睛，好像自己是坐在忠孝東路上的那家二十四小時港式飲茶，窗外是車如流光的街道，街上也總是有比城市流光還亮一些的男男與女女。但只要一睜開眼睛，那些其實同年但總嗑著瓜子聊佛牌的北京青年，就帶著我來到了不同時空。

這個時空裡，我們吃著相同的東西，講著好像上個年代的口音，窗外有夜裡的雍和宮與地壇沉靜相望，一個朱紅一個深黑。這時的地壇卻好像與我緊緊靠著，我左手靠窗邊，右手拿筷子，在一片漆黑中，總好像聽到了史鐵生會在不久後的晨光裡滾著輪椅穿過古樹間的聲響。在那時，這間茶樓應該還只是一片光光土路，可以看得見空氣汙染霧霾下藏著的天空。

可是，城市本來都會改變的，不是嗎？

在另一個我也忘記了背景時間的空間裡，遙遠的台北舊城也曾這樣浮現，日據時代的台灣作家朱點人寫〈秋信〉，一個前清文人進台北城看日本政府在台始政四十周年的博覽會。那時的台北城市的樣貌和衣著和他記憶無法重疊契合，只是他沒有一個可以躲進的地壇。但是他們仍是相同的，城市一直一直改變，圓環還在、宮殿也還在，只是多了高樓和高架的鐵路公路，只是多了五星旗和毛澤東的巨幅照片懸掛。除此之外，城市改變，但至少它還存在。

我從日據台北城和文革前後的北京城裡穿越回來，面前除了蘿蔔糕和燒鵝，還有蝦餃皇跟馬蹄條，餐桌也變成地壇的延伸。

但我內心還是想要有一個像地壇一樣，一個像公園或是森林的地方，城市只會在外面快速流動和改變，而它覆蓋住附近所有的人和時間，用一百年、兩百年、三百年的古樹遮蓋人群，使我們活著的這七、八十年，相較之下只是它幾次打盹的瞬間。

然後在那裡可以看見更多的人，就像史鐵生從他們中年看到老年的那對夫婦，我也還記得他們只穿黑、米、灰三色的衣服。或像是那個總是來地壇裡跑二十圈的男人，他在三十八歲才被發現才華，跟才華的埋沒。但這些都是屬於史鐵生和地壇的，他說：「五十多年間搬過幾次家，可搬來搬去總是在它周圍，而且是越搬離它越近了。我常覺得這中間有著宿命的味道：彷彿這古園就是為了等我，而歷盡滄桑在那兒等待了四百多年。」

忽然發現，在課堂裡或餐桌上，那些我分神偷看、幻想地壇的瞬間，都是因為羨慕。我不是不愛港式點心和北京青年的笑聲，只是更想要找到我宿命中的地壇，城市反而不再重要。它在海島之外或是在這整片大陸之外？找到它的那一天，我可不可以毫不猶豫的寫下我與它，讓它覆蓋？

所以在那一天之前，我仍然努力的吃完每一道眼前的點心，為了靠近它，努力的從某個地方離開，再從另個地方回來，只帶著被我偶然記住的那些文章。

烏鴉樹

從冬天開始，烏鴉在學校裡外的白樺樹上群集，我在北京師範大學，過我最後一個碩士班的學年。

閒暇的時候，聽到很多很多的傳說。

你一定見過烏鴉，但也許不一定能看見幾百隻的烏鴉在黃昏時劃開天空，把兩旁的路樹全都占據，這裡的樹在冬天不剩半點枯葉，只有枝節延伸，延伸到天空的邊際，像巨大神獸的指與爪。而烏鴉在上面，以完全靜止不動的方式睡著，遠看那些樹時，就像樹上起了無數的黑色絨球，在灰藍色的天空和街景裡，也像神話中古老的神樹，而神樹上是神的使節？

白樺樹不知道樹齡多少，應該在北師大遷來前就已經存在更久的時間了。往前推算，北師大離古代皇宮不遠，皇城的城門就緊緊依在現在的鐵獅子墳左右，南邊一點是小西天，遠一點還有索家墳。也許是地名惹人懷疑，北師大的烏鴉與烏鴉樹常是西城區居民及學生間，在黃昏或烏鴉群飛時，私自感到懼怕的事物。但不能常常說起這些怪力亂神的東西，至少人們從不在街上或是指著烏鴉樹談論，他們會在附近大樓隔著窗時或是坐地鐵時偶爾想起，才竊竊與身邊沒聽過的人講起這烏鴉樹之地。

你聽過鐵獅子墳嗎？

清朝時在宮中犯了罪的太監，都會運來鐵獅子墳這裡行刑，在更早之前，確實有一對鐵獅子在這，它們不分日夜未曾移動過雙腳甚至雙眼，直到大煉鋼時它們卻成為了一鍋鐵水之中的部分，不再需要分雙眼雙手或彼此了。我一直認為鐵獅子墳的傳說不是可怕的，就像北師大的烏鴉一樣，早在我來，或是北師大來到前，它們就已存在在鐵獅子旁，幾百年甚或更久。

北京冬天的烏鴉，從來都在白日裡飛到北邊的山郊覓食，入夜後回到北京城內靠著人煙和城市取暖，牠們飛回北師大時，多半是每天同樣的時間，只在飛行和降落樹上時發出叫聲，真正的夜晚裡牠們與白楊樹相同寂靜，所以我無法懼怕牠們。不知道是否受到了日本恐怖小說和漫畫的影響，人們認為烏鴉純黑的羽毛與身軀帶來不祥，牠們吃腐肉又經年居住在鐵獅子墳旁，更讓人害怕。

烏鴉是一種候鳥嗎？我沒有真正翻查過書籍，但我是這樣相信的。整個冬天牠們定時定點的出門與返家，比農民曆還準確的預報了日落與升，也用到來和離開劃分了季節與季節。

也許四月的某一天，牠們忽然無聲息的不再夜歸、出現，那就代表北方冬天的正式完結。

以烏鴉樹為我所聽到傳說故事的第一根枝芽，北師大正前方的南門則是另一，南門前正對主樓與廣場，雪天裡京師廣場的雪沿著南門積得深厚，南門平日就沒什麼人經過或是閒聊，全因南門從來不開。傳說通常有許多個版本，南門這根枝芽卻無分枝，也從無別的版本。聽說它通常只在國家主席來校或是迎接新生時大開，而它每一次的開啟，都被穿鑿成與死亡有關的詛咒。

接待我來校的第一個學姐帶我走過南門，她特別壓低聲音朝南門方向張望了一眼，我記得她說話的表情就像南門隨時都可能聽到。

傳說通常是固定的說法，像是「南門一開就會死人」便是標準一種，我上網查過了「南門一開就會死人」的詛咒原因，就像每一所其他大學都可能有的傳說一樣，鐵獅子墳的歷史到北師大主樓的設計像棺墓都成為可能原因。網路上，也開始細數南門開時曾經跳樓情殺或是在路上被誤殺的人，就像網路上總有其他的聊齋和怪談。

我想起在陽明山上讀書的那兩年，關於仰德大道和大仁館、大雅館的傳說不會更少。那年，我夜晚騎車穿越辛亥隧道到大直美麗華端盤子，只是為了換取多買幾本書及更多的旅行、演唱會。那時的傳說敵不過仰德大道一路上山的夜景，也無法使夏天從大直過隧道時穿過髮耳、穿過指與指的涼風裡藏著鬼魅。在傳說之中，我一直都是生存得很好的，如果仰德大道或大仁館裡真的存在過某種無名的神怪，我一定無數次單獨與他並肩，但我無信仰也無不信，或許這是使我無感的在那深山中，過了好幾百個平淡冬日和夏夜的原因。

我穿過東門烏鴉結群的白楊枯樹之下，在未積雪時的南門口，呆坐無事，這是成長後最無事的一年。

我無信仰但也無不信，如果此時烏鴉的紅眼掃過長久以來牠們所居住的鐵獅子墳，南門這邊只不過坐著一個不起眼的學生，眼光於是越過我繼續朝向北方。或如果所有的傳説都是真的，傳説責怪的只會是都市計畫，讓原本城門邊只屬於烏鴉和鐵獅子的一角湧進了太多人，人們終於反過來懼怕古老。

直到城門終於不見、直到鐵獅子熔去，烏鴉成為北京新聞事件、北師大蓋好的很多年後，我來到北京。在留學生宿舍門口重新起了兩座獅子雕像，兩米高的獅子被點了睛看向無法聚焦的前方，石製的獅子不會有再被熔去的危險，難怪不論日夜他們都沒有再動的跡象，也沒有慾望。

我從烏鴉樹下走過，上學與放學、到門外買份麥當勞或是快餐，天與樹被枯枝和烏鴉覆蓋，是黑灰色的。大街上整排的白楊樹都超過十層樓高，天橋與人行道在它之下，一樣被結冰的雪塊和烏鴉屎蓋著，是灰白色的。人們快速通過這段道路，加速離開了傳説。

在傳説之外，烏鴉鋪滿整片人行道上的排泄物，比起陽明山的魑魅、比起鐵獅子墳下埋著的過往更令我為難。

我從烏鴉樹盛開的鐵獅子墳上走過，遇見了傳説，也遇見陽明山頂似曾相識，那些冰涼的日子。就像再一次回到無所事事的日子裡，就像還在傳説裡。

戲票與菸

那齣戲演完時，所有的布景都泡在水裡，道具床的彈簧發出嘰嘎嘰嘎的聲音，所有舞台下的人都沉默。女主角被蒙上雙眼，用紅色的繩索綁在木椅上，男主角在面對舞台的那面，觀眾席中突起的台子上，拿著那顆沒有形體但似乎就在手上的心，他的心。

他說：「妳願意收留它嗎？」

這是來北京看的第五部戲，舞台劇劇院在城內各區都有，東直門、東四十條、王府井各處散落這些五百人以下的小劇場，我在台灣很少看舞台劇，但這邊不管是同學老師或是路人，只要他想，都能便利的看一齣戲。

我認識了一個讀戲劇的台灣女孩，某一晚我們在宿舍外聊天，九月的天氣還不那麼冷，朋友們唱歌後喝了酒之後，她說，我是逃來北京的。

她有一包隨身的小雪茄，我們沒有點它，倒是在那之後聞了許多其他形色的菸。北京的路邊有很多香菸攤販，它長得跟上海或是西安、南京的都不太相同，它總在一兩間賣醃製肉品或是外貿服裝店中間夾著，裡面的大媽們一邊看著江蘇或湖南衛視的時裝劇，一邊無所謂的招呼人。

這裡的菸太多了，菸味也像人群一樣，即使你只是經過一個巷弄的公車站、隻身一人的餐廳裡坐著，總還是在回房後聞見自己身上濃重的菸味。不知道是學校大樓外那群常抽低價版中南海的警衛，或是在用餐時鄰桌那些上班族們抽的蘇菸與南京？甚至，是下課時間的巴士站前，那個絕對不超過十三歲的孩子抽的不知名香菸？其實這些菸在我鼻子中，無特別不同，但都在我身上留下了印記。混在人群和街道裡，一定是我以後想起北京時，北京的味道。

可能也混在我的乳液跟洗衣精的味道裡，變成了我的一部分，這也是那個女孩的味道，她說她是逃來北京的那時，肌膚帶著厚重菸氣和她玫瑰味的乳液混雜。

我們決定一起看很多很多話劇或音樂劇、悲喜劇，在台灣的我們對中國的當代戲劇表演，其實是無知的，最多只聽過幾個先鋒派的導演。

那些導演的名字，就像街邊錯雜的菸味一樣，其實我總是記不清楚，國高中時背的詩句，我也只記得句子卻常常忘了詩人，我想是因為我不認識他們，不真正認識他們。就像我曾想像過北方食物的口感和味道，從書上和節目裡試圖記住他們，但是卻從未成功，直到我真正吃過後卻怎麼也忘不了了，但這無關好吃或不好吃。

於是也直到我真正看過他們的戲，我才記起他們的名字。

也許你們聽過孟京輝或是田沁鑫，困難的不是曾經聽過或在哪看過他們的戲，而是來到北京把他們的戲都看了一輪。大部分經典的劇碼，一定到過中國各地巡演，台灣也演過一兩齣，《紅玫瑰與白玫瑰》在國家戲劇院演的那時，我曾在雜誌內頁裡看過介紹。在北京看這些導演的戲時，他們不一定在大禮堂或國家級的表演廳裡表演，他們可能擁有自己的一個小劇場，一期兩個月的固定表演某齣經典作品。你透過人聲與人聲直接的傳達，有時不那麼清晰，也可能近到看見演員粉底下一粒粒的毛孔，但是兩三百人的劇場裡，迴音全是他們的呼吸聲和唱歌時不小心破音的幾個旋律。

那時候，也無關好不好看了。

學戲劇的女孩說中國的演員們太精準了，情緒音調台詞走位表情都精準，我懵懵懂懂在充滿笑聲與哭泣的幕與幕之間，感受到了那些精準，精準是金屬色澤的，閃耀但是不透明。在換幕時，完全的黑暗與安靜裡，我一點一點聞到我們身上的菸味，和旁邊北京男孩的菸味，甚至是主角剛在台上抽完後假裝捻熄在手上的菸味。

這個城市決定開始禁菸，我在某天的北京新聞聯播上聽到，新聞主播說將在三年內全面實施室內及公共場所禁菸時，我想到那個在舞台上用肺吸盡最後一口菸的主角，也想到放在學生宿舍每個房間裡那個菸灰缸，靠床邊的那個小桌台上，斜斜的放著的「請勿臥床吸菸」標語，讀來有點好笑，應該是怕在床上吸菸，一邊睡著一邊燒了宿舍，但又何必放菸灰缸？

這座城市的三年後會少了這些菸味，和一起看戲時人們身上共同的味道嗎？我想他們和我一樣，都還不能想像。

我一直沒有問她，為什麼要逃來北京，我想應該是一個在這些劇本裡翻找幾頁，便可以找到類似解答的原因吧。我當然也沒有問她，會在什麼時候抽那包小雪茄？什麼時候第一次抽它？我們只是一起看戲，一部一部的看。

笑的時候，我們跟著全場一起，哭的時候，我在黑暗中看到左側的她臉頰上有可疑的反光。

第五部戲開場，演員們在黑暗中精準的走到定位，燈亮時男主角在懸空的床上清唱從首演後已經唱了十幾年的開場歌，雖然他早已不是當年首演的男主角了。北京的室外是負十度的夜晚，他們只穿純棉的一件薄襯衫，全程精準的唱歌說話哭泣。某一次，我偷看完左邊台灣女孩在黑暗中可疑的淚光後，聽到了不遠處，某個北京女孩吸了鼻子的聲音，在這間迷你如蜂巢的劇院中，發現原來她們都帶有一點相同的城市菸氣（只是基底不同）。

最後一幕，所有的布景都散落在雨中，人造的大雨從屋頂漫下，把所有的菸味香味任何氣味都變成雨水的味道，男主角謝幕時，舉高自己的雙手，他說：「祝願我們所有人，為了所愛的事，堅持到底。」

那張戲票，一直收在我的抽屜，有一天會一起跟我回到台灣，它告訴了我，不管是多遠或多近的地方，都有與自己相像或相反的人。只要我們都能將自己喜愛的事堅持到底，那時不管我們是否逃到了很遠的地方，或吃起了從來不喜歡吃的東西，都不是那麼重要了。

能遇見不同與相同，凌駕在一切之上。

寫字的姿勢

北京七九八藝文特區，旁觀書局裡，有少女和少男們在不論夏天的雨夜或積雪難行的冬日裡寫字，這只是其一。從北師大到北大、清華，校門沿路上的咖啡廳裡坐滿學生，一杯十幾塊人民幣的咖啡飲料，換一些寫字的時間。雖然我們這一代人基本上偶爾才寫字了，對著鍵盤開著word敲打，也可以充當寫字吧，至少我們持續書寫，只害怕也許哪一天，某一代的年輕人甚至不再書寫，讓某一些心情和光陰流過長長的歲月，留下無物。這樣對著螢幕的姿勢也是一道風景，人們弓身敲打，一字一字，我也是這樣寫下這麼多年。

從一座城市寫到另一城市，台灣的青年們，在校園內外二十四小時營業的速食店，獨身寫著通宵，不知道他們寫的是論文還是期末作業，亦不知道是在準備國考還是多益、托福，他們微微駝著背，近視眼鏡反著光，偶爾回神喝一口已經沒氣的飲料、偶爾他們又趴在桌上小睡，深深的呼吸起伏，在這樣的日子間持續的呼吸和生活，這是我們這一代人的生活，我在其中。

但這也只是其一。

北京有間連鎖的咖啡館，叫雕刻時光，多半在學校周邊，聽說是台灣人開的，但從來沒看過老闆，所以未能證實。偶爾我會在那邊寫上半天，雖然他們只有微波加熱的冷凍義大利麵，以及水果酸到我牙痛的水果鬆餅，還有不太好喝的咖啡。但是環顧整個北京沒有我習慣的二十四小時摩斯，甚至這裡的人其實也不在星巴克看書，對他們而言那不是看書的地方。我於是只能躋身在總客滿的咖啡廳裡，因我始終不能習慣在圖書館裡寫字，並不是因為太過安靜或是位置太小之類的原因，只因寫字或閱讀讓我常常感到飢餓，原因未知。但是我需要在一個寫字中斷的片刻，有一杯飲料或是任何可以填滿胃的食物，讓我繼續把心裡的東西拿出來。

我去雕刻時光時都是晚上，這裡的青年們也三三兩兩在不同的座位區裡，靠著插座，就著咖啡館裡根本不適宜閱讀的光線寫著自己的東西。閱讀的人更多，他們可能讀著王蒙或是郭敬明，讀著畢飛宇或是安妮寶貝，其實就跟我們讀著駱以軍或是九把刀並沒有什麼不同，不同之處在味道。整座城市包含他們的咖啡館裡都可以抽菸，我在菸味中久待後也全然無感，好像那就是那間店該有的味道，但只要一出店門，從圍巾到內衣上都會是各種不同的菸味，每次從那回到宿舍，室友都會以一種懷疑的眼神詢問：妳是到哪去了？

在北京的這一小段寫字時間，我在校門邊的十二橡樹咖啡和較遠的雕刻時光輪流待著，這段時間裡，親人離開。

她原本在台灣東部的海濱教書、在唱著美麗山歌的孩子們旁邊，是我最親近但也最陌生的親人。為了她，我放棄了一次去內蒙古的旅行，帶著很多情感回台灣，再飛回北京。這幾年的時光裡，我最害怕九月，連著好幾年，九月時你們離開，到不用呼吸不用記憶的地方去。一直到從台灣飛回北京那晚，中秋月圓，離地好近好近，我在咖啡館裡打開這邊同學送的五仁月餅，台灣很少見到五仁月餅，我配著咖啡吃了一口，以為我會哭，可是果然沒有，那整個月我什麼都沒有寫好。

北京的人喜歡讀的時間好像大過於寫，所以他們偏愛沙發，旁邊掛著一條厚圍巾或是大衣，在室內長時間供應的冷氣或暖氣中，他們不再總像街道上行走時那樣沒有顏色。平日冬天，衣服總是厚針織的、黑的，臉蒼白的快沒有顏色，夏天卻又來得太快，熱得太逼人，下了幾場雨後又秋天了。所以這樣的日子裡，他們在室內才顯得有生氣，靠著沙發他們就這樣讀了一整下午的書，那肩超過沙發一些，書放在大腿上，偶爾翻動書頁或拿起杯子的畫面一直留在我眼底。

有一次，很大的雷雨夜，我第一次到七九八，夜裡所有的展覽和藝廊都關了，在園區底部有間不大的書店亮著，我閃身進去躲雨。雨夜裡，裡面有三、四個青年坐滿幾張桌子，沒有交談，都寫著自己的字，是真的在寫字。可能在剛買的筆記本或是正在看的書上寫著，或是寫在飲料的紙杯墊上，書局裡堆著或新或舊的書，有些從海外買來的「禁書」，打開來卻是台灣書局裡隨意放著的一般書籍，卻被他們藏著躲著的偷偷展示出來。他們的書寫姿勢也許跟我們相同，同樣彎著背和腰身，讓視線與字句更接近些，好像就寫得更認真些，我還是不知道除了自己以外的人平常都在寫些什麼，但他們彎身、撐手、伸懶腰、摳指甲，在這些動作之間，我可以辨別出他們是否滿意。

忽然發現，能在北京寫下任何字句，都不容易。當街邊沒有二十四小時等著靈感的速食店，只有菸味和昂貴咖啡的店家，當發現身邊的人看不到你最喜歡的那本小說或散文集時，你試圖談論，他們怕你談起政治所以避走，卻沒發現你想談的只是書。於是人們躲在家中書寫，那裡有牆和窗把打探的視線隔開，那裡才沒有禁忌沒有國家。我從幾個地方寫來，在許多需要寫下才能得到力量的時刻，無論多難多慢，都沒有真正放棄過這件事。

回顧那時，在異鄉已經寒冷的九月裡，和那之後的幾個月間，我好像漂浮在台東縱谷和華北平原之間，我感謝那幾間充滿菸味和燈光不明的咖啡店。

他們不問我從何處來，不問我寫得誠實或否，全面接受了我略帶悲傷的寫字姿勢。讓我從這方寫到他鄉，從其一看到全部。

島上的人們

我在這裡的路上逛新舊街區，網路上逛微博看人人網，人人網就像是中國版的Facebook，其實分享和轉貼的照片影片從來都沒什麼不同，只是文字不同。但即使文字相同，長相相同，不同的島嶼也必然存在差異。

如何才能稱為一座島嶼呢？在北京我與半島的人們相遇，香港在整個華語生活圈裡，某種程度的與台灣最相似，我們寫同樣的文字，比較習慣用Facebook，看Instagram，新聞與拍賣都還是喜歡Yahoo而不是百度，並且同樣的生活成一座環海島上的子民。

但香港是否是一座島嶼？它一分為二，一面是九龍半島一面是香港本島，九龍半島接靠著中國，這麼長的時間以來，卻也只是靠著，而沒有成為一體。沒有成為一體的不只是島，還有語言和文字、還有其他。

九七年回歸之前我年幼，卻不至於一無所知，那時第一次去到香港，被街上像鴿籠不見天際的樓與招牌占據滿眼，女人街和尖沙咀爆炸似的人潮嚇到了我，我失聲的在人潮中抱住父親大腿開始哭鬧。在海洋公園裡哭、在澳門賭場裡也哭，那時我台中家宅住樓前還是一片荒田，在夜裡只有前方土地公廟裡暗紅的燈泡發光，十里內蟬鳴不斷，那時的我怎麼理解香港？

現在的我，當陽台望出去只看得見前面大樓晒的衣物花色，中港路變成台灣大道，七期房價不再只是幾百萬一戶後，我也不只一次再到訪香港與其他城市，從當時嚎哭的小孩變成了我。

但還是愛著這座島嶼。

成長並意識到是一名島民，是需要參差對照的。北京某夜，我與香港舍友們一起晚餐，在學校附近的日本餐廳，島民的症狀普遍來説相似，偶爾不時對生魚片或海鮮類食物覺得思之若狂。北京同學們對這間餐廳風評不錯，當我們點的生魚片上來時，群起拉開竹筷的聲音在不大的餐廳裡響著，但那卻不是生魚片如常的味道，只是冷凍魚片。咀嚼間有薄霜混著，也是咀嚼間我們應該都意識到南方島上一盤只一片價，即使不是名貴的魚、也不是割烹店師傅的刀工，但在舌尖悄悄融化的味道，才是海的味道。

後來他們也偶爾去隨處都開著的爭鮮買小膠袋封著的生魚片，在跨年夜的世貿天階百貨，一半的人跑去商場買爭鮮，一半的人在天階巨型投影天幕中等待虛擬煙花。為著這小小的醋飯魚片，我們那年的最後還是在人群中無奈分開倒數，這些都是我們説與其他非島民同學時，無人能體會的一種浪漫。

那些我們與半島上他們的相同，還有許多。不管這幾年來多少中國媒體拍到了Facebook創辦人來上海開會的照片，不管多少次人人網上中國學生們預告著臉書即將開放，卻始終都是風聲滑過耳邊。而我們仍然竭力的使用任何翻牆軟體，每日與Yahoo 和臉書上依舊炎熱或溫暖的南邊試圖相接，有時失敗有時成功。

去年台灣國慶日時，香港半島上，正為了開始實施國民教育課程而全島沸騰，那麼多年後，他們都接受了講著不標準的普通話、接受了一波波來自內陸的移民和人民幣，用洋紫荊換下了英女皇，但仍然有著未能妥協的部分。沒人偷聽的夜裡，半島的聲音像海浪拍打一樣，靜謐襲來，我們聆聽與交談，他們淡然説著或許很多年後他們終會一樣，但現在的我們仍然是一樣的。

海風與平原、盆地和沙灘，南方不間斷悶熱的熱帶低氣壓，每年掛上風球的暑假。我們在時光中緩緩成長，成長為一個個可以渡海到大片陸地上行走的人，是不是把魚尾巴都藏起，留在島上的家？

沒人偷聽的夜裡，夜長到足以交換島與島的童年生活。他們有動輒二十層高樓起跳的屋村比鄰，童稚時在真正便宜的茶餐廳裡吃多士，母親多半真的很會煲湯。令人驚奇的是，整個半島中真正的大學只有七間，有一半以上的中學生進不去這些學校，他們讀了整整七年的中學，只為考那一次的考試。其實我們仍然是相像的，他們從《那些年，我們一起追的女孩》電影場景中，看到相近的青澀升學時光，我也仍然可以從大量的黑幫電影與賀歲片之外，在港片《歲月神偷》中那樣悶熱炙燙的夏日，瞥見自己在相似的街道上吃糖水冰小小的身影，那是我們沒有抗議布條也還不認識半個政治人物的夏天，在港邊。

每次路經什剎海，人造湖面無浪，蓮花市場旁我外帶一杯咖啡，北京的湖都愛稱海，後海、前海、北海，半座城都被這些海圍住了，卻終不是真正的島。真正的海風黏髮，風帶腥甜，真正的島不大，但感覺得到漂浮於海上不易。我那時常放一首台灣樂團的歌，歌名叫〈海上的人〉，台語歌詞裡大概有這麼一句：

「恁講人生呀人生，像飄浪海上的船。

有時風吹起陣陣風湧，運命總是捉摸不定。」

他們聽不懂台語歌詞，我也沒有解釋，就一直反覆播著，混在其他音樂裡，當成是我們夜裡的背景音。因著許多台語詞彙裡，我最喜歡運命這個詞，「運命、運命」，就好像是種命中注定，不像命運彷彿只是運氣。我為每座不同島上的人們寫這些字，因為相信海角之內，我們總會等到好的運命。

順著京藏鐵路旅行

其實沒有京藏鐵路這個說法，從北京到拉薩，是由其他三個鐵路線連接到青藏線，最後抵達拉薩，但因為北京到拉薩只要四十五個小時就能直達，就叫它京藏線也無妨。如果你先到青海的西寧再轉坐火車，只要一晚就能駛抵拉薩。當北京的距離與拉薩近了，想像中如桃花源般「不知有漢，無論魏晉」的雪域，卻好像更遠了。

二〇一三年初，近農曆春節，剛好也是藏曆水蛇年的開始，人在北京的我透過好幾間旅行社終於找到了可以辦成入藏函的車隊，近年來藏人自焚抗議的事不斷，在淡季適逢藏曆新年的時候進藏更不易了。其實幾乎沒有什麼行前準備，才剛從西安回北京的兩天後就要先飛西寧，再坐青藏鐵路入拉薩。吞了幾顆防高原反應的紅景天，就匆忙的上了火車，這是世界上海拔最高的一段鐵路。有自古中國以來最難走的高原凍土路，從可可西里到青海湖，風景幾無變動，高原犛牛、大小不一的湖泊，夜裡無色白日金黃的雪山，和一整片無邊際的凍土，沒有人影。

我們睡的硬臥車廂一邊有三層床板，無法起身甚至連腰也伸直不了，有一半移動的時間我都是躺臥著，只吃飯上廁所時下來，穿過五味雜陳的車廂，回民、藏民、漢人雜處，當有人用自己的筆電播著影片時，其他車廂的小孩總會聚在附近圍觀，像小小的市集，用自己的家鄉話與別人交談，卻沒有障礙。也許有一半都是回西藏過年的藏民吧，當他們夜裡談笑聲更大些時，海拔剛過四千，我卻開始輕微的頭暈，沒有其他的症狀，但感覺得出空氣極乾，卻始終沒有打開車廂的氧氣孔，只是深深的睡了一覺。

在睡夢中，列車開過黑夜的青海湖畔，我沒有見到它，但我知道它存在。

我們在西藏的司機叫做強巴，強巴就是梵語裡彌勒佛的意思，他說很流利的藏語和英文，卻不太會說漢語，但他常笑，笑時如彌勒，這一路他從拉薩帶我們開往定日直到珠峰，即使是在珠峰山腳下兩百公里的土路上，通過只容一台車身的懸崖時，我其實一直都很心安。也許是因為強巴帶著暖意的笑，或是雪域裡諸神齊在，歲月彷彿皆受庇佑，於是我們始終心安。

進拉薩市區前，會先看到高踞山頭的哲蚌寺，曾經是藏區最多僧侶的寺廟，灰色的錯落著的殿堂，就在不遠處的山上。不及多想，一個拐彎不到五分鐘後就看到了兩座白塔，白塔不遠處就是布達拉宮，布達拉宮卻與書上無異，每年都定期翻修，用白漆紅顏料混著專有的白馬草，為這座失去主人的宮殿年年維持原貌，就像隨時他都會帶著離開的同胞們回來。

拉薩市區卻與想像中完全不同，那條廣為中外遊人知曉的八廓街，其實也有人叫它八廊街或八廓學，但都是泛指同一條沿著大昭寺而建的八角型街道。街上日日都有轉經的人，三跪九叩的以順時針繞行街邊，從無例外。它卻與我想像中完全不同，攤販就像是日月潭或北京王府井的所有攤販一樣，賣著一看就是相同批發地批來的假綠松石和寶石粉合成的紅寶石，還有我們對西藏想像中常見的飾品。

而我想像中的八廓街卻是別種樣貌，我以為八廓街應該再暗些，充滿藏人開的各種小館，而不是在廣場區中，真正可以稱為餐廳的只有坐滿向倉央加措朝聖遊客的瑪吉雅米餐廳，而夜晚的它不過是一間酒吧。這樣的八廓街是中國青年男女交換和共享小資情調的所在，他們在店內的許多留言本裡寫倉央加措的情詩，討論隔天去加德滿都的車資，其實和公館那些咖啡廳已經沒有太大不同，沒什麼不好，卻不是我想像的模樣。

我想像的八廓街還是在其他角落得見，小昭寺附近的市集，因為藏曆新年的關係，幾乎沒有遊客，整條街辦年貨的藏民中只有我們是不同的面孔，生嫩、遙遠，總之對他們來說看起來都是漢人，不論你是中國或是台灣。肉鋪裡賣的全是犛牛，但卻是整隻腿或整個大部位肉塊的擺放著，正午時也只接近零度的西藏冬季，這些犛牛肉擺在街邊，沒有半點血味和飛蠅，所以偶然我在賣藏服的店鋪中間撞見它時，被這些巨型肉塊驚得不輕。當我離得遠遠的想拍幾張肉鋪照片時，那賣肉的藏民等我按了幾次快門後，才輕揮幾下手把我趕開，就像在說：「這有什麼好大驚小怪的？」

我們走在這樣的年貨大街裡，其實難免緊張，藏人有不少對於漢人相當排斥，即使能夠理解他們是為了保護自己的家鄉和信仰，但當一小群藏人在街邊用另一種語言討論你時，那不帶笑容的眼光，我除了一些害怕，也仍然感到悲傷。為著他們不知何時開始少了笑容的臉，也為著四散在拉薩各處的解放軍檢查口，在大昭寺廣場旁、小昭寺街邊，處處都有X光機和解放軍的重裝，也是在書上讀不到的一種拉薩。

街邊還有不少的甜茶鋪，午後，藏人齊聚在裡面，點碗清湯藏麵再點幾兩一壺的甜茶，便是一個下午。高原的冬天好冷，甜茶和酥油茶的香就飄在每個街邊。那在拉薩的幾日，我們有些午後，也是什麼都不做的逛進倉姑寺這樣的甜茶館，混坐在他們之中，漸漸喝習慣了酥油的氣味。布達拉宮裡也滿是酥油的香，香火燈裡永遠要添滿酥油，喇嘛們對遊人視而不見，除了念經時間外，都坐在佛殿一旁的坐榻上喝酥油茶。

不同於布達拉宮是皇宮和歷代達賴的博物館，大昭寺香火極旺，到達拉薩的隔天我們徒步去逛，初到高原上時緩走也喘，我們在寺外遇見一隻白狗，牠跟著我們混進了通道進寺，又一溜眼的不見。若說大昭寺內最美麗的地方，我不覺得是佛像或是轉經輪，應該是它的天台，有些懶貓在那晒著肚皮，遠遠的還能看見城另一邊的布達拉宮，像金色的神殿。我們就是在這與白狗再遇，牠緩緩的往我們蹭了過來，然後趴在陽光最暖處，一晃眼卻又不在了，不知道牠曾經這樣跟著多少遊人入寺晒太陽。

那天的大昭寺樓頂，一個藏人婦女額頭微紅，坐在長椅上抱著膝，應該是剛剛參拜完，身體還留著跪拜留下的痕跡。我們視線相對，她微笑的對我說些聽不懂的話，我們就這樣以一種奇怪的頻率成功交談，交談末，她伸手握了下我的雙手，手掌很厚也很暖。這是我在拉薩停留的幾天中，直到現在還記得的一個瞬間，第一個在拉薩對我誠摯笑著的藏人，她的手比當天大昭寺上的陽光還暖。

離開拉薩後我們往更西邊的內陸前進，高原上非常靠近珠穆朗瑪峰和中亞的那一側。淡季中整個高原公路上除了三三兩兩貨車，便只剩下我們了。每一處景點，都隔著半天到一天的車程，每一次的停車都非常隨興，我們在羊卓雍措沿岸下車。它是聖湖之一，這季節的羊卓雍措全湖面都鋪著薄冰，岸邊的小小冰錐好像是湖水拍岸被凍結的那一瞬間，路邊全是小小的馬尼堆和五色旗幟，這一路從拉薩到日喀則，從前藏進入後藏見到的都是這些祈福的小事物，偶爾見到轉山和轉湖的人們，關節處的衣物縫上木板，全身順著跪拜的動作一次次貼地，每一次見到這種虔誠，都微微鼻酸。我們很少拍照，一來用雙眼記錄這一路上的風景都有些不及，二來他們的神情和冰川、雪山的光線是鏡頭攝錄不出的，也許可以不斷取景，終於拍到五色旗在山與山間飄飛最美的瞬間，但是可能就漏看了一群從陡坡緩步而下的山羊。

怎麼換算都不值得。

這一路的走走停停太多，偶爾就忽然停在路邊，開車的師傅和導遊從車上跳下，打開後車廂坐著，從保溫壺裡倒出自備的酥油茶，把車上的音樂放大聲些，有李宗盛、林憶蓮也有西洋老歌，我們開始有些疑惑，一問之下才知道，西藏高原上的公路設有許多檢查站，從上一個到下一個檢查站之間都有限速，在時間未到前不能通過，檢查站於是取代了測速照相，成為高原上相對低價的測速設備。但是不知道有多少藏民和往來的車輛與我們一樣，早早就到了下個檢查站前，選了一個景色好的位置，打平了座椅讓時間就這樣流過。

在這裡時間好像不具有太大意義，所有人都懶洋洋的，我們也跟著下車，發現著急沒有用處，偶爾跑到隱密處方便，實在找不到廁所時也只能這樣，唯一需要擔心的不是有人看見而是怕凍壞了屁股。追著羊群和語言不同的牧羊人以眼神對話，甚至躺在公路中央，看藍得像是二次元的天空，是在北京或台灣都無法見到的天色。

如此通過一個個檢查站，我們夜宿在日喀則，藏人師傅和導遊唸起來卻更像是日喀子，我們也跟著喊它為日喀子。

藏區天黑得晚，八點我們來到住宿的地方，天還微亮，走在日喀子大街上，卻沒有餐廳營業。日喀子的那一夜，我們回到旅店吃了藏式火鍋，如果說北京的冷是有風雨時才感受更深的，西藏的冷則在入夜後開始難熬，白日氣溫再低都有陽光，到了夜裡動輒零下二十度的氣溫，也不像北京室內都有城裡供應的暖氣，入了後藏，連電都開始寶貴，幾乎都有電熱毯但卻不一定有電。我們躲在防風的布門後，藏式火鍋上桌，裡面幾乎都是些丸子和火腿，但這樣就很足夠了，只要吃得暖再趕緊睡在被子裡，就是對付西藏冬夜最好的方法，洗澡是不得不放棄的、一件相對於寒冷來說微小至極的事。

進入藏區，除了拉薩的日常，我們只排了去珠峰這一個主要行程。時間有限，但如果能見珠峰一面，即使在山腳，也是一種我們對這次旅程的決心，從日喀子睡起，車向定日。定日是最近珠峰山腳的一個小城了，對於小城鎮的定義，卻因為來到定日而有所改變。定日市區，除了五、六間平房，一座加油站，兩間雜貨店和一間旅館，便只剩灰撲撲的路和幾隻野狗。野狗群聚，有幾隻明顯出生不久，怎麼都想不透牠們如何度過這樣的冬夜。想要摸摸野狗們時，牠們避得很遠，在路邊玩球的藏民小孩，隔著馬路喊話：牠們會咬人！一邊把狗群嚇走，一邊玩著小小的足球和非常簡易的滑板，跟著我們從商店進進出出，用不流利的漢語聊天。孩子們五官深雋，咖啡色的膚色和瞳孔，每一個人好像長大後都能成為一個個名模或巨星。如果他們離開了定日小城、如果他們都順利的長成了年輕的帥哥，到山下不那麼寒冷的大城市裡生活，也許他們會成為這樣的名模，但也許就不會這樣笑著了。

定日山城才是真正的無水無電，入夜後只有餐廳旁的發電機運作著，房間裡有抽水馬桶也有浴缸和暖氣，卻沒有電，旅館的小姑娘打了兩桶水給我們，還有兩壺熱水、兩支紅蠟燭，猜想應該是最高等級的招待了。寒冷中無法睡眠，沉靜的定日只有狗吠和發電機轟隆的聲響，蠟燭不知在幾點燒完，剩一堆燭淚。我們穿著外套和兩層厚襪蓋雙層被褥，還是冷得發抖。五點起身看出窗外，是真正的漆黑，連黑暗中輪廓都感知不到的黑。令我聯想到活屍電影中，廢棄的公路小鎮，一樣都有間加油站和舊旅店，下一秒可能有活屍從角落竄出，抱著這樣的想像我們要開往珠峰。友人半睡半醒間，說出夢境，我在她夢中變得可疑，不像是自己，夢境中的我在無人處忽然對她開口，說出的卻是藏語。我們在黑暗中沉默，司機強巴上車，察覺到我們的安靜，一開口就對我們用帶著口音的漢語說：這裡有魔鬼。

我們尖叫，他卻笑著發動車，開往前。

哪來的魔鬼，連人都沒有了。我想這是他笑聲中沒說的話。

五點出發，為的是在天真正亮前抵達珠峰，天氣好時，可以見到日出。從定日到珠峰其實還有兩百多公里的土路，土路顛簸，上山的路全都沒有護欄，結冰時還可能打滑，全黑的山路只有強巴的車燈，一直向上，不知向上到何時我終於撐不住睡去。再睜開眼時，已到絨布寺，絨布寺離珠峰大本營只剩十幾公里，天是霧藍藍的亮，還是沒見到人影，只看到一隻犛牛在寺前吃草。十點時我們抵達珠峰大本營，日光只照到附近的峰頂上，我們在五千二百米海拔的碑前合影，看向珠峰，光影間看去不怎麼高。一般遊客無法再繼續往前，往前就是中國與尼泊爾的邊界，我們停在大本營裡最高的小土丘上，眼前真的是珠峰了。

來到中國後，我從最多人的城市來到最少人的邊境，每一次都是不長的停留，卻影響了我很長的時間。於是，回來台灣後的時間變得飛快，那裡一天發生的事情像是這裡一個星期的累積，甚或更久。我忽然想起，從拉薩到日喀子沿著雅魯藏布江岸的那段公路，架起了很高的水泥路面，強巴說是鐵路，火車要開進後藏了，要開進那些踢著足球孩子們的附近了。

火車要來了，時間呢？他們的時間會更快還是更慢呢？

我們在火車來之前離開了，然後回家，帶著一點不甘心。因為知道了另一種生活型態，卻同時預見了這種生活的完結。

這裡沒有王菲

如果只能選一個歌手，或是一首歌，當作我個人資料介紹中寫到最喜歡的歌手，那就應該只能是王菲。我不是很清楚其他人在最喜歡的歌手中寫下王菲的原因，也不知道她的生日或是最喜歡的顏色和口頭禪這些小細節，就像我讀到喜歡孫燕姿或劉若英、蔡依林的其他作家一樣，我想，那一種喜歡是藏在青澀時光裡的一種老灰塵。

當打開堆放十幾年前信件的某個舊鞋盒或喜餅盒時，飛出箱外，讓現在打起狠狠的噴嚏的老灰塵。老灰塵穿梭古今，當我偶爾在下午逛著胡同時，它飛起降落，在清一色播放著台灣流行歌手的北京巷弄裡，我只能在腦海裡聽到王菲菸嗓唱著明月幾時有，才發現這裡原來沒有王菲。

北京一趟，我聽到了許多新的歌與歌手，在樓光映著車燈，堵車彷彿就要堵出北京市區的夜裡，知道了北京青年與我們其實沒有不同。一樣在KTV裡唱著排行榜金曲，只是排行榜有些微差異。當然一樣有蕭敬騰或是方大同，這兩個帶著相近蒼白面孔的台港歌手，也有其他聽起來總差不多的舞曲旋律。這些相同的面孔和歌大多是無趣的，當然偶爾也有驚喜。驚喜是當北京青年們全齊唱著他們的歌手或是其他中國組合的歌時。

羽泉儼然代表六〇、七〇後人們的年代，當然這是在他們在二〇一三年歌唱節目——《我是歌手》——奪冠之前的事。那些看似與我們相同的男女們，唱著台灣歌曲時，把每一個咬字和腔調都學了台味十足十，深夜裡恍若有無數張震嶽年輕時的分身，在路口張望唱著自由、罵著狗男女。但是他們當然也有未曾改變的地方，總是有著那樣的歌曲的，這些歌曲，調子往往重複詞也就那麼幾句，但是京腔歌手總能隨便就唱成了滄桑的歌曲。

就跟這座城市和人們給我的感覺一樣，他們與我說相同的語言，但其實又是不同的語言。

如果可以，我也想要求你們，一邊放著這樣的歌，一邊讀完這篇文章。比起一盞茶或一爐香，有時文字更適合歌聲，不然歌曲為什麼都要填詞呢。如果再擺上一盆水果盤就更好了，因著他們在城市裡，不管唱歌、喝酒、跳舞都喜歡叫上一大盤新鮮水果，進口洋香瓜配時令水果，一邊喝著一種叫水晶葡萄果汁配威士忌的調酒，唱著老男孩或是其他彈唱歌曲。邊吃邊唱著，就這樣不搭調的成了另一種習慣。往往，那些歌有著最直白的文字，它們說——青春如同奔流的江河，一去不回來不及告別。——不用假音，高亢到微微撐開喉嚨的唱著，我總是在他們點唱這樣的歌曲時起了雞皮疙瘩，比起那些一邊在西門町或河濱公園奔跑，一邊唱著無意義歌詞的MV，我更喜歡這樣的粗烈，這樣的歌。

觀察了好幾個月，吃完了好幾個水果盤後，還是沒人點過王菲的歌。

但我在新聞裡看過好幾次她在北京地鐵或機場裡，全身黑衣卻笑得燦爛的與人合照，這座城市中的我與她是否真是同步生活？我早放棄了在朝陽區大街上或咖啡店見到她正早餐的願望，但好幾次我仍然會因為想到她可能在隔壁包廂吃著水果盤，而緊張到掌心微濕。

所以我點了她的歌，點歌機裡隨機跑到那頁，二〇一〇年春晚她在一片水藍如佛光的螢幕中唱著〈傳奇〉。我忘了我唱的如何，以及那晚其他的事情，一切靜止在我輸入歌曲號碼的瞬間，我忽然想不起我是何時開始喜歡她的。

究竟是什麼時候開始喜歡王菲呢？只依稀記得是在聽過她的歌很多年後才開始的，她在《重慶森林》裡剪極短的髮當快餐店小妹，講流利的廣東話，那幾年她唱過無數香港電影主題曲，中文與廣東話夾雜。那幾年我也還小，不管北京、香港都算是很遠的地方，差別不大。後來，直到我開始上網，網路上雜文雜樂像瘋了的潮水一樣湧來，我聽到她唱了一首〈彼岸花〉，那並不是我最喜歡的一首，也不是特別好聽的編曲，卻像某種開關忽然被打開一樣，有一種，喔原來是這樣的感覺。

原來我喜歡這樣的歌聲，原來這是我。

某一些年分發生了大事件，於是那年成為了編年史的一部分。就像有些歌曲，成為了我的大事件，我也用它們寫下我的專輯編年史。狂野的像末日一樣的上一個世紀，作家死亡，城市開始老去，這時王菲唱著菲靡靡之音、唱著〈寓言〉，她問每隻螞蟻都有眼睛鼻子牠美不美麗，偏差有沒有一毫釐？她答，有何關係。那時的她還必須靠吸菸讓自己的聲音不那麼完美。

二〇〇二年之後，也許是因為她終於將愛進行到底，生了第二個女娃，在演唱會中開始播放自己唱的大悲咒。同時的我終於去過了幾個城市，卻從來沒有想過來北京，只是一樣在夜裡聽她的歌。

這之後的十年，她沒有再出過專輯，但我仍然時而唱起她的歌，當然也唱著別人的歌，然後這樣輾轉來到這裡。

就像被打開的記憶盒一樣，王菲是我的老灰塵，懸浮在北京街道中，讓她的某些歌詞終於被我明白。原來零下十度寒冷的街，是這樣的街、原來這十年裡她不再唱歌時，都在這樣的城裡生活。我不懷疑，一點也不懷疑，她也會唱著那樣簡樸充滿小缺陷的歌，也許還會唱幾句中國團體鳳凰傳奇的最炫民族風。在過年時，跟家人在北京難得的空城裡一起看著春晚轉播，說，啊呀，去年我跟陳奕迅合唱〈因為愛情〉的那次，真是唱砸了。

這些我都不懷疑。

我繼續用歌曲編年，開始接受別人的歌，編進新的城市，學了新的方言。一邊會因為生氣而罵人傻逼的同時，一邊讓那些像老男孩或是我的歌聲裡這樣的歌被腦子重播著。我用手機放很大聲的音樂，偶爾哼著這些歌曲，也偶爾唱回〈悶〉或是〈紅豆〉，走在幾百年前建好的老舊胡同。

走著走著發現，哪裡其實都沒有王菲，一直只有我深深淺淺走過的昨天與今天。

赴宴

北京的街道開始冷了，九月初剛來時是穿著短袖從什剎海旁走到南鑼鼓巷都不會流汗那種清淨的二十六度，九月也是我第一次遇到那個香港女孩。也許不是第一次，真正第一次見她應該是在學生公寓的走道上，公寓不像香港電影裡充滿各色學生人種的體味和料理香，走道是灰白幾乎沒有灰塵的鋪在房與房的中央，每天早上九點都有個女孩會打掃，在很後來的某一天我在她講電話時聽到了別人叫她嬌嬌，但嬌嬌跟香港女孩的事並無關聯。那天她應該是靠在走道上輕聲的跟一群香港同學聊天，她的聲音是未成年的，不特別高亢但是嬌嫩，也絕對不是軟軟的像林志玲那種聲音，但絕對是未成年、像花苞吐芽的一種音色。其他的香港學生講話總是保有一種尾音不住上翹的說話方式，但香港女孩沒有，她說話不捲舌也不上揚就像我一樣說話，這應該才是我們第一次見面。

九月的南鑼鼓巷，我們這群從異地來的學生吃旅遊書上寫的奶酪、阿拉伯烤肉串，再一起去街邊擺的攤子吃抄手，香港女孩坐我左邊，那時的她頭髮長至腰際濃黑鬈曲，但她本人卻是細瘦文弱，她那頭鬈髮飄散的香隱隱約約，養得很好。那時的我，在去北京前剛剪了到耳上不知多少、削得好薄的短髮，我們還有其他人一起坐在街邊喝湯，那時的我們沒有想過，我們終於會一起去一場舞會，真正的舞會。

「可以點京醬肉絲嗎？」是珊第一次跟我主動說的話，我們在桌子鋪著有些油膩塑膠桌布的餐廳裡點餐，我不喜歡京醬肉絲和包著的豆製薄皮，到後來與她的相處時間中，她至少再點過五次京醬肉絲，珊、那個香港女孩，吃完京醬肉絲的那晚她正式搬進了我的房間，原本的我們並沒有抱著任何合適或是其他的期望，只是她不喜歡原本的美國室友而已。因為是慶祝我們同居的第一天，所以我讓她點了京醬肉絲，但之後的日子裡我也開始不再在意這道菜的一再出現。

她其實是一個夢幻的人，但不是喜歡粉紅色或是卡通貓的那一類，她喜歡古典的浪漫，雕花鏤空的歐式垂墜耳環、原朵玫瑰萃取的香精油、硬質蕾絲的小領子，多半是灰白或黑色。聽席琳．狄翁或鋼琴演奏時，泡很濃的抹茶來喝，抹茶的熱氣常常把她的眼鏡變成一片霧氣，這是珊。其他人叫她珊珊，她在香港時住在沙田，在四姐妹中排行第三，沒有其他兄弟。沙田的馬鞍山不是半山，林青霞跟李嘉誠都不住在那裡，馬鞍山上很多屋村大樓，離我們看見的香港有些遠，但是是真正的香港。我們一開始聊天，都是各自坐在電腦前，她說我可以叫她珊的那晚，我又覺得可以再讓她多點一次京醬肉絲了。

珊好幾晚的聊天裡帶我閒晃了她的馬鞍山、她的大學和她的海。屋村樓下有小間沒招牌的茶餐廳，賣味道很夠的印式咖哩跟豬排飯，只要十幾元港幣，跟以前去香港時被美食節目帶去的高價茶餐廳不同，她說她讀的城市大學裡沒什麼好看的，如果是秋天時我到香港，一定要帶我去塔門。我不知道塔門在哪裡，以前去香港只去銅鑼灣或是伊莉莎白港，也許就這樣遺漏了她口中很適合閒晃買布的深水埗以及神祕的塔門。她買布做衣服，讀傳播的她卻只喜歡幫系上自製影片置裝，有時候她也會忽然拿起全素的托特包自己畫起來，我從她畫的圖案中依稀看到一場盛大的宴會，在那些彩色的圖騰之中。

然後北京的街道真正的冷了起來，我也已經習慣叫她珊了，每個週日她都會坐十幾站的公車去中關村作禮拜，我偶爾也跟著她去。

在比台灣大上許多的連結式公車上，車內的熱氣把整車玻璃烘成不透明，有些北方人仍維持著冬日不常洗澡的習慣，也把我與她烘成了一團臭氣。在接近與祈禱的過程中，我們幾次睡著。

我問她為什麼堅持每週要來，她說從中七開始她就加入了教會（也因此我才知道香港中學是讀七年），她從小就跟媽媽不合，可能家中太多女生了，珊的爸爸一直在深圳工作，不確定是不是一種躲避。中七那年她媽媽問她：「妳的主那麼厲害，怎麼沒有讓妳考上港大跟中大呢？」我想那一年讓她往信仰更靠近，卻離家庭更遠了。這些記憶讓我們開始熟悉，她像一朵微開的小花，我還看不出她是什麼品種或顏色，而我早就已經長成花期拖得長了些的尋常花種，在她完全成熟的過程中我剛好也在身旁，如此而已。

我們分開赴宴，其實也不是什麼真正的宴會，只是與分別認識的人們一起用餐聊天。

我與那一群北京朋友們的第一次吃飯，是在鼓樓大街的燒烤店，出於台灣女生在兩千多萬人口的北京裡相對少見的緣故，我和另一個朋友常被邀去唱歌或聚餐，那一次之後我們經常一起唱歌。在台灣時，我唱KTV總要拉個伴才能唱完整首，在北京卻開始改變了，他們點歌而我接過麥克風唱了無數次的〈愛拚才會贏〉，每一個北京人都能用比我還不標準的台語跟著唱和，在北京錢櫃、在北京好樂迪裡，我開始唱起歌了。他們也總是用帶著儿化音的方式叫我的名字，這樣的名字就好像是另一個我，另一個我在這城市開始偷偷轉變，偷偷的連我也沒有發覺。

還有很多事情也悄悄發生。

我修習很少的學分，每週一跟三以外我終日無事，夜晚開始時才開始梳化，只是一次次的夜食在大排檔跟半舊不新的賣酒店家裡，卻也總讓我感覺是一場場的宴會，我在酒食中大笑到快哭泣，聽到很多悲傷卻哭不出來的故事，它讓我感覺我很晚、很慢的才終於開始年輕。

他們大部分真的都是單名，我認識的洋有三個、昂兩個、旭也有兩個，悲傷的故事多半都被他們刺在了身上，死去的爸爸長了翅膀、去英國讀書再也沒回來的初戀女友、音樂學院退學生刺了校徽和提琴，他們的年紀都比我小，卻在酒氣菸味中打滾了很多年，被磨平的不只是打架受傷後的指關節，還有安穩靜好的生活能力。

我聽他們對談和回憶，好幾次他們說了很多很多後開始鼓譟，這時我的椅子總像被忽然延長、伸遠到南方孤寂的海島上，遠遠的看著他們，聽不到北京，卻聽到了浪潮。宴會中我們偶爾嘔吐後再清醒，坐在被三里屯兩邊名店街包圍的一小條酒吧街裡，地板黏腳也總是放著有點過時的流行樂，即使這時常常徹夜未歸，在清晨滿身酒氣的走進與珊珊的同居房室中，那段時間卻也從未發生過什麼真正荒唐的事。

在夜裡回學校路上的出租車或是私家車中看北京。長安東街、西單前或是工體北路全都是空蕩的，與白日車潮覆蓋的大街全不相同，在這裡我也喜歡上夜車。不同於台灣夜裡我搭過的夜車，長長的高速公路有時被眼淚染得光線四散，這條路究竟會帶我到哪裡，又能真正離開哪裡？有很多感情跟愛人被留在了車下，留在另一個城市，我哭著坐車，用手機把音樂一直重播，苗栗總是下著雨、台南的公路又總開不完，我不想回台北也不想回台中，那幾年一直在夜車上來回的西部公路，是我想離得遠遠的自己。

終於我離開那時迷失在車上的幼小自我，在北京的夜裡認路，帶醉意比我更重的好友們回到這裡的家。就像結束一場宴會的卸妝、沖澡，換上柔軟的家居服，躺在珊隔壁的床位，即使已經是早上七點了我仍然可以用厚實的窗簾隔絕日光，深深的入眠，沒有愛人的城市，其實也沒有告別和眼淚了。

但還是有感情存在的，在所有相似背景的晚上，仍然有著與不同人與人的感情，只是他們的感情都太膽小，像不敢用力轉到底的瓦斯爐每次只擦出微小火花，我們並沒有飛到太遠的地方，北京到台灣沒有經過換日線，只是看場機上電影就到的距離。但愛人的能力像紙，無法碰到任何濕潤的東西，像是淚水和海，感情都會在其中慢慢融解，我可以理解那些不願變成紙的感情。其中一個叫洋的北京朋友，總用那種電影裡男主角才有的眼神看著另一個一起從台灣來的朋友，但應該是部悲傷的電影。

我看這一部長電影，間中有幾幕讓我始終記得，對我們所有人而言，這是一場場宴會，我們舉杯因為它終將落幕。

我在後海到三里屯間不斷搭車和與人交談，點一手接一手的燕京啤酒，雖然它喝起來摻了很多的水，但交談和配酒的各種燒炸食物填補了酒精，大部分的時候，我滿足於這樣的夜。

但也喜歡留在房內與珊長談的夜。

我們完全相同，同時完全不同，這是從來沒有人到達過的一部分自我。

我不再背負著從台灣和過去而來傷人的話語，她也是。這是兩座小島的相遇，她讓我知道了他們說sorry時只喜歡說so，粉腸跟粉皮其實也是罵人的話。夜裡，完全熄燈的躺在一起，聊小時候看過的台劇和港劇，我們常常在腦海裡搜尋不到人名時，不管幾點的打開電腦重看那些畫質斑駁的老片，躲在自己的被窩裡從電影中瞥見對方的人生。

她也參加宴會的。

珊一直想去的一間法國服裝設計學院在北京有分部，就在法國領事館不遠處，那裡每隔幾週就舉辦一場舞會，那些人穿自己畫圖、自己裁剪的洋裝和禮服，就像另一個次元，像外星球的另種生活型態。她偶爾會去，從相機裡帶回那些衣影晃動似有香的照片，穿比S號更小號Size的東方與西方女子，集體飛去韓國買布料，眼線的力道總是過強。在這些相片裡我看不到感情，但並不是每一張照片、每一句話都需要感情。太多太多的情感讓我在台灣時拍的照片裡，看起來總是不安，眼神閃著太多太亮的人影、渴求任何無法得到滿足的東西，那些就是情感。

那一場宴會在王府井北京飯店裡舉辦，我還記得選的是金色大廳，它有中式延伸帶著金沙質地、朱紅底的線板，廳內鋪著厚重的羊毛地毯，裡面架起了高高的伸展台和U型看台，纖細時髦的學生們花大錢請來比他們更高䠷、瘦到只剩骨架的外國model穿他們的衣服。我們不久前才從地鐵一號線被人群擠到不能呼吸，擠下來後幫對方因擠壓發皺的衣服拍平，一邊回頭卻走進了連水都有淡淡香的另一面北京。

平常的北京被鎏金旋轉門隔在王府井大街、長安東路上，這裡的人用法語受訪、鎂光燈閃的眼睛刺痛，我沒有一刻如此覺得自己身上衣服的皺痕如此明顯，但我穿的卻不是三宅一生。邀請卡是純白像雪緞的材質，應該是珊從幾次聚會中收到的邀約，我說好與她一起來赴宴，但我原以為最多就像是平常北京聚會，只是把啤酒與烈酒換成了香檳及各式甜白酒。直到我們的中低跟鞋在鏡面光滑的原石大廳中傳出不清脆的敲擊聲，穿平底鞋的model和極高跟鞋的學生們都回頭看我們，我們只是大笑走過。坐在U型看台的中層，那些走過的model們跟音樂一樣模糊，只留輪廓不甚清晰。

它開始與結束的都很早，我們出來旋轉門後走在大街上穿插的胡同裡，買雞蛋灌餅和明明是熱狗卻寫著台灣香腸的熱狗來吃，一邊喝著飲料坐在零下的街邊。

白天是有太陽的，太陽灑在零下的空氣中，像破碎的金箔懸浮在空中，其實還是好冷，只是這種冷變得可以忍受，像在很遙遠、很遙遠的一個地方，於是即使最尋常的生活都變得恍若童話。

我們學著開始忘記一些話語，那些話語中出現了謾罵和背叛，把人扯離開童年無憂的日子，於是像珊那樣的人選擇了信仰，而我則留在當時，像看重播樣一次一次的把那些話記在腦中，直到此刻。此刻我好像真的可以開始忘記了，愛過的人說過這世界上沒有人真的受得了妳、沒有人會真的愛妳；愛過的人一次次在夜裡吵架後回頭不看我一眼，走出我的房間、一直走出生活，像走在奈何橋上一路都沒有回頭。那些破碎的晚上像那幾年一樣，是喚不回任何憐憫的，我不願意忘記曾經多麼的卑微，在愛過的人們面前失聲破滅，但都沒有辦法倒回。

只是也還好沒有機會倒回，在看完大秀的宴會中我們逃出，穿在淘寶網上買的韓國原單洋裝，我與珊一起用耳機分享同一首歌。美國女聲唱：**Would u still love me? When I no longer beautiful?** 我另一隻耳朵聽見珊用細微不穩的聲音接唱：**u know I will, u know I will**。

這些年過後，我忽然就好了，我們這樣就很好了。

好像不那麼年輕了但都還美麗，比以前的每一天都更加美麗。雞蛋灌餅把我們的嘴用的油膩，跟不遠處金色大廳裡她們塗著的珠光唇蜜看來應該也差不多，可以坐在路邊用髒裙襬也不心痛的洋裝，是一起在淘寶網上買來的。

每一次淘寶買到的東西，都會寄到學校西門的郵局，我們會在收到通知簡訊後約好彼此都有空的時間，只帶著一個可以斜掛的隨身小包，從宿舍所在的東門穿越長而曲折的校區到另一邊，途中經過好幾間校舍三間學生餐廳，還有給校內員工居住的紅樓矮房區。

以及漫天無邊生長的白楊樹，和冬天寄住其上的千百隻烏鴉。

珊很討厭那些群集的烏鴉，牠們長而豐密的羽毛，順著紋理生長，就像有些人害怕蛇冷而黏的膚感，有些人害怕密集的無數小洞，那些都是人無從辨認和理性面對的自己。我們沿路閃避著烏鴉特定居住的幾區，走了更遠的路到西門。這一路上我們偶爾聊著新買的衣鞋要怎麼搭配，偶爾她會問些其他留學生的八卦，在她一向不喜歡參與的，充滿菸味和酒的那些聚會裡，那個讀政治的女孩和哪個北京的青年交換了聖誕禮物，那個和我一樣短髮的女孩，酒後說的台灣是多麼令她心傷的台灣。我們淺淺的聊，深深的聽，那是一種迫切的心情，想記住每一場宴後那靈感豐沛滿溢的瞬間，好像可以寫出最好的字，唱最美的音，讓世界都了解，然後流淚了。

在房裡時，我們試穿新買的裙或是上衣，偶爾我會在她從來沒有上過妝的、飽滿像春日陽光的臉上畫上淡淡的眉型，用深咖色的眼影代替了眉粉眉筆。對於上妝我一向最在意眼睛，撇開假睫毛和粗黑的眼線，要用最真實的瞳色，不論是黑或淺咖，內雙的眼皮畫上內外眼線，如果是深的雙眼皮最好只用眼影疊上顏色，可以看到睫毛的根部，好像可以呼吸的那種妝，可以直接看到眼神，即使有一點點的血絲都好看。或是像珊那樣，其實只要年輕都是好看的。

我常常像記者一樣採訪她，問些比芝麻還小比吃什麼還瑣碎的問題，在許多相似的夜晚裡，我們在隔壁房間剛看完鬼片回來，我問她：妳相信有鬼嗎？像是吸血鬼或是厲鬼那種？珊說她在教會或是看《聖經》這麼多年以來，她只知道有魔鬼，所有的鬼都是魔鬼。

但是就像是壞的想法和傷人的話語，也都是因為魔鬼，那個住在你心中的魔鬼，所以她選擇不去相信，也許有，但只要不相信，也許也可能沒有。

在她的夜裡，我是否真的是一個好室友呢？

總在每一次宿醉的中午起床，她會貼心的不拉開窗簾只開檯燈戴著耳機玩著筆電，等我起床時一起叫外賣來吃，聽我一邊抱怨北京的飯菜油膩一邊說再也不在夜裡出門遊玩了，但在幾天後的夜裡仍然洗漱後坐上到國貿或是團結湖的地鐵。在地鐵裡我反省自己，發現我的心裡應該住著魔鬼，年輕時的感情重疊著許多人的影子。他們像魔鬼一樣逼著我去愛同樣的人，同樣的蒼白，並且同時溫柔和不溫柔著，然後魔鬼逼我去傷害所有曾傷害我的人們。

S曾經向我道歉，為他喝醉做錯的那些事。C對我說，妳不夠好，對我來說，妳還不夠好。我都帶著笑容的擁抱了他們，原諒了話語和事件。但是我轉過身第一個抱的是自己，並決定從此只抱著自己，讓心中的魔鬼替我一一打敗了他們。親愛的魔鬼把我放在他巨大黑色羽翼下，讓我睡得好。所以我一直為它留了位置，在地鐵裡我與人群擠成沙礫時，成為海水旁千萬化身中的一員時，都還為它留了空位。在這裡我竟從不想家，以前我常常想家，在某些關在房裡很深的晚上，那時我想家，卻其實一直都在家中不曾離開。離開了房間，真正開始被風吹雨侵蝕，或在人潮中淹沒後，大概是忘記了自己曾經是一塊石頭，在另一座海島上。

成為沙礫後過了好多年，二月，我靠在另一個台灣女孩的肩上，這是我們最後在北京待的幾晚，我們睡在某個北京朋友家的客房，西直門的高樓內，地暖在木地板下讓整個北京被烘得好暖。香港開學得早，珊比我們先離開了北京。就那麼一次我覺得我可以醉了，不用背著回房後躡足噤聲的壓力。我赤足脱掉衣裙坐在地上，被灰色冰雪覆蓋的北京微亮，我環抱自己，醉意濃重。台灣女孩說我第一次看見妳喝醉。我頭暈，不不，其實我還是沒醉。

機票訂在幾天後，那些顏色鮮麗還未斑斕的夜晚都還在，我帶著半箱衣物和半箱書來到這裡。住進了珊的旁邊，在未臨海的中國帝都，我們梳理彼此的回憶和臨海歲月。分開赴宴、分開睡眠。我在新街口外大街上不算咖啡店的咖啡店內書寫，她搭公交車到十幾站遠的北京科學園區禮拜，我總是覺得可以聽到她在唱福音歌時，用她青嫩卻不過分嬌柔的聲音，就像是某種夜裡吐芽的花。即使隔著大海或是半個城市我想還是會一直聽到。

她說我以後都會為妳祈禱，留下這張卡片後她回去了。宴會好像曾經開始，開始了數次，卻不知道在何時結束。我妝都花了在地上開始哭著，家島上有人聲喧譁。他們說，我知道妳很討厭這裡、我知道妳竭力在每個晚上夜跑，用流汗代替妳哭不出的年月。他們是萬千世界、普羅化身，他們是家人是朋友是不歡而散的戀人、是家鄉。有時溫柔的向我湧來，卻把我推到更深的潮間帶去，我在地上聽家島說唱，在所有的宴會都沒有聲響後，竟然有這麼一個女孩，她說，我會為妳祈禱。

而我不祈禱，我把這句話收在已經裏滿沙礫的心內，起床後，我會回家，用家島上更多的石沙把它埋進更深的地方。

後記　本是琉璃

蔣亞妮

我喜歡輕輕的生活。

生活本來就有輕與重，大多數時間裡我選擇了輕的那一種，也通常結交這樣的朋友。關於人生，重的事情太多了，我無法時時刻刻待在其中。就像是我喜歡讀詩但不喜歡談詩、喜歡寫論文但討厭研討會、喜歡喝各種酒但討厭品酒。創作對於我而言也是這樣。

95%的我，確實如周芬伶老師說的那樣，社群網站裡滿是姐妹美食玩樂，那些都是真實不過的我，值得收藏紀念以此過日。若不是這樣的活著，我也許便不能寫，沒有光潔的勇氣打開自己。

所謂的閱讀也是這樣的，幾百萬字的大河小說是小說，幾百萬字的架空穿越言小也是小說。有個朋友說他最喜歡我將很通俗的事物寫進回憶裡，像是品牌或是流行音樂之類的。那是因為我的回憶本來就是通俗的，如果可以，我想就這樣通俗的活下去。

接受通俗，比接受特別需要更多力氣，我知道我們都想成為一個特別的人。我不會說我們終究無法成為，但至少在那之前，我們要接受這樣通俗、平凡的自己，因為在這些之外，有太多人與故事需要關注了。關於那些人，我選擇用書寫記住，他們大多仍然存在，但有些人永遠的離開了，就連過去的自己也是。

不過，永遠有5％最固執的一部分自己會被留下，這5％是最最原初的我們，喜歡閃閃發亮的東西，不開心時就哭泣、愛一個人就要擁抱。我期許那樣閃耀的自己像是琉璃，不是鑽石或是水晶，而是需要煉成的、不那麼透明的自己。懷抱琉璃，用血肉、情感和文字緊緊包裹。於是，我走到何處都能記憶，可以傾訴。

所有的一切都是真的。

在寫這本書的第一篇到最後一篇文章中間，我學會了告別，和打開更多的自己，那時我才見到深埋的5％，我很慶幸它依然存在。但在它之外，我依然是一片混沌，也還是會繼續輕輕的生活著。所以，若你們在日常的轉角遇見我，請不要問起我心內的琉璃，它都被寫下來了。

我只會告訴你，煉成琉璃要一千多度，那樣毀滅般的熱與痛，我想只要保有5％就足夠了。

九歌文庫 1181

請登入遊戲

作者　蔣亞妮
責任編輯　張晶惠
創辦人　蔡文甫
發行人　蔡澤玉
出版發行　九歌出版社有限公司
臺北市105八德路3段12巷57弄40號
電話／02-25776564・傳真／02-25789205
郵政劃撥／0112295-1
九歌文學網　www.chiuko.com.tw
印刷　晨捷印製股份有限公司
法律顧問　龍躍天律師・蕭雄淋律師・董安丹律師
初版　2015（民國104）年2月
定價　**260元**

書號　F1181
ISBN　978-957-444-983-5
（缺頁、破損或裝訂錯誤，請寄回本公司更換）

本書榮獲　文化部 MINISTRY OF CULTURE　藝術新秀首次創作發表補助計畫

國家圖書館出版品預行編目資料

請登入遊戲 / 蔣亞妮 著. -- 初版. -- 臺北市：九歌, 民104

面； 14.8×21公分. -- (九歌文庫；1181)

ISBN 978-957-444-983-5(平裝)

855　　103027577